# Auf der Suche nach der grünen Weide

AF215078

## Die Memoiren von Akoth Sewe

*Einige Namen wurden geändert.*

Wer dieses Buch kauft unterstützt mich automatisch beim Bau einer kleinen Bibliothek sowie beim Kauf von Lehrbüchern für Kinder aus sozial schwachen Familien in meinem Heimatdorf Mnarani, Kenia. Herzlichen Dank dafür!

Ausführliche Informationen über mich
https.//akoth0905.jimdofree.com/
https://twitter.com/49 8180522
facebook.de /Akoth Sewe
https://www.instagram.com/akoth0905

*Akoth Sewe*

*Auf der Suche nach der grünen Weide*

Bibliografische Information der Deutschen Nationalbibliothek:
Die Deutsche Nationalbibliothek verzeichnet diese
Publikation in der Deutschen Nationalbibliografie;
detaillierte bibliografische Daten sind im Internet über
http://dnb.dnb.de abrufbar.

Deutsche Erstausgabe

Korrektur und Lektorat:
Jens Küpper, Marita Dickschus, Britta Steinbach

Herstellung und Verlag:
BoD – Books on Demand, Norderstedt

ISBN: 9783748188940

## *Prolog*

Dass ich aus Afrika komme, muss ich in Deutschland keinem Menschen, dem ich begegne, sagen. Das glaubt jeder mit einem Blick erfasst zu haben, aber – wenn ich ihn dann anspreche – bemerke ich meistens wohlwollendes Erstaunen. Das war nicht immer so.

Als ich als unerfahrene Ausländerin zu meiner älteren Schwester nach Wiesbaden kam, war ich überrascht, mit wie vielen Menschen ich mich auf Englisch verständigen konnte. Die Antworten kamen zwar meist in gebrochenem Englisch, aber da war trotz allem in kaum einem Gesicht von Wohlwollen eine Spur. Oft überkam mich auch das Gefühl, dass ich wegen meiner Hautfarbe automatisch als weniger intelligent eingestuft wurde. Diese Unterschiede werden mir heute rückblickend überdeutlich. Aus dieser Erkenntnis heraus würde ich jedem Menschen, der in einem fremden Land leben will raten: Das Beste, was du für deine Zukunft und zunächst auch für ein Akzeptiertwerden machen kannst, ist erstens, deine Rechte zu kennen und zweitens, die Sprache der Einheimischen zu lernen. Du musst nicht deine Hautfarbe ändern, du musst die Menschen mit einer klaren, einwandfreien Sprache überraschen. Das hilft dir, ein richtig starkes Selbstbewusstsein aufzubauen und hoffentlich auf Augenhöhe behandelt zu werden. Meistens öffnet es auch ihre Herzen und später im Berufsleben öffnet es Türen.

## 1

Kenia – wenn ich an meine Heimat zurückdenke, dann erscheinen vor mir die Bilder von imposanten Baobabbäumen, schlanken Kokospalmen, kräftig grünen Jambulbäumen mit ihren weitverzweigten, ausladenden Kronen. Ich sehe das leuchtende Blau des Indischen Ozeans, das perfekte Weiß des Sandstrands, das Gelb der Savanne. Ich höre das Rascheln der sonnenverbrannten Gräser und weiß, wie der Wind sich anfühlt, wenn er die Regenzeit ankündigt. Und doch sollte ich all das später freiwillig zurücklassen, für eine vermeintlich bessere Zukunft?

Kenia ist ein mehrsprachiges Land in Ostafrika. Es besteht aus mehr als zweiundvierzig ethnischen Gruppen, von denen jede ihre eigenen einzigartigen Werte, Fähigkeiten, kulturellen Praktiken und ihre eigene Sprache hat. Die indigenen Stämme Kenias sind vielfältig, fleißig und warm. Die Kenianer achten nicht auf deine Hautfarbe und Herkunft, sie behandeln einander und Jeden mit Respekt.

★ ★ ★

Meine Eltern kommen beide ursprünglich aus der Provinz Nyanza, genauer gesagt aus Ugenya und Alego, in Siaya County. Sie gehören zum Stamm der Luos. Die Luos sind nach den Kikuyus, Luhyas und Kalenjin die viertgrößte ethnische Volksgruppe Kenias.

Als ich das Licht der Welt erblickte, gaben mir meine Eltern den Namen «Akoth». Akoth bedeutet, dass ich an einem Regentag geboren wurde. Für den Stamm der Luos symbolisiert der Regen «Segen». Ein Kind nach einem Naturereignis, nach seinen Vorfahren oder sogar nach einer Tageszeit zu benennen, ist in der Kultur der Luos nicht unüblich. Ich erinnere mich noch an Erzählungen meiner Mutter, in denen unsere Dorfältesten in Dürrephasen unter einen vermeintlich heiligen Baum gingen. Dort angekommen opferten sie Schafe an ihre Götter und beteten für den Regen. Wenn der Regen endlich kam, glaubten sie, dass ihre Gebete erhört wurden. Ansonsten galt Dürre in ihrem Glauben als Fluch.

★ ★ ★

Vater war ungefähr vierzehn Jahre alt, als seine Eltern starben. Von da an musste er allein zusehen, wie er sein Leben meistert und war für sich selbst verantwortlich. Er hatte zwar ältere Geschwister, aber keiner kümmerte sich wirklich um ihn.

Irgendwann beschloss er von zu Hause wegzugehen, um sein Glück woanders zu finden. Das Schicksal brachte ihn in das achtzig Kilometer entfernte Kericho, eine Stadt südöstlich von Kisumu. Nur einen kleinen Teller und ein paar Pfennige, die seine Mutter ihm vor ihrem Tod übergeben hatte, nahm er mit. Das war sein einziges Erbe.

In den ländlichen Gebieten Kenias herrschte ganz früher noch der Tauschhandel als vertraute Form des Handels, und so konnten die Kenianer ziemlich lange ohne Geld auskommen. Nachdem Geld als Zahlungsmittel eingeführt wurde, wussten viele Analphabeten noch kaum, dass es auch Banken gibt. Auch meine Großmutter nicht. Sie hatte ihr eigenes Banksystem entwickelt.

In ihrem typisch traditionellen Luo-Lehmhaus, das sie selbst mit Kuhdung als Bodenbelag ausgestattet hatte, fand sie eine geheime Stelle unter ihrem Bett, grub dort ein Loch und versteckte hier die Ersparnisse für jedes ihrer Kinder. Jedes Mal, wenn sie das Loch öffnete, musste sie es danach erneut mit frischem Kuhdung pflastern.

★ ★ ★

Vater war in Kericho angekommen. Sofort ging er von einem Haus zum nächsten und begann um einen Job zu betteln. Ihm war es egal, ob er als «Ziegen- oder Kuhaufpasser» arbeiten sollte oder auch als Feldarbeiter. Irgendwann hörte er, dass Afrika-Missionare junge Leute suchen. Sie sollten den

Menschen in Afrika die Botschaft Jesu überbringen und sie für Christus gewinnen. Vater war von dieser Idee begeistert und ging zur Missionsstation. Dazu muss man wissen, dass die Kolonialmächte seit 1878 auch Missionsstationen in Ostafrika errichtet hatten. Die Missionare wollten die Menschen Afrikas nicht dem Schicksal überlassen, Spielball von Politikern, Forschern, Geschäftsleuten und Soldaten zu sein oder zu werden. Vater ging also zur Missionsstation, lernte dort schreiben und lesen und erfüllte die ihm übertragenen Aufgaben.

★ ★ ★

Vater erfuhr zu dieser Zeit von seinem Onkel Oluoch, dass an der kenianischen Nordküste der Fischhandel boomt. Er beschloss, dorthin zu reisen. «Erst mal werde ich meinen Freund Owino fragen, ob er mir vorübergehend eine Übernachtungsmöglichkeit anbieten kann, und wenn alles gut läuft, werde ich mir mein eigenes Reich suchen», dachte sich Vater.

Als er bei seinem Freund Owino in Mnarani ankam, konnte dieser ihm tatsächlich ein Dach über dem Kopf anbieten. Aber Vaters Traum vom schnellen Handel mit Fisch ging auch nach den ersten Monaten nicht in Erfüllung. Von seinem ersparten Geld blieb nicht mehr viel übrig. So beschloss er, sich einen neuen Job zu suchen und arbeitete bald als Feldarbeiter auf einer Sisalplantage eines englischen Farmers namens Walson. Je mehr Flächen man dort abgearbeitet hatte, desto höher war der Lohn, aber es blieb ein Hungerlohn – für eine harte Arbeit unter der heißen Sonne.

Irgendwann lernte er Mutter kennen und es dauerte nicht lange, bis sie heirateten. Sie waren das erste Paar, das in der St. Patricks Catholic Church Kilifi geheiratet hat. Wie alt meine Eltern genau sind, wissen wir gar nicht, aber Mutter kann höchstens siebzehn Jahre alt gewesen sein, als meine älteste Schwester Masai zur Welt kam.

Ihre Ausweispapiere hatte man im kenianischen Standesamt Ihrem Wunsch nach erstellt.

«Wieviel willst du?», fragte damals der Standesbeamte Mutter.

«Ach, schreiben Sie 1946 drauf», entschied sie.

«Tag?», wollte er noch wissen

«Suchen Sie sich irgendeinen aus», antwortete Mutter, und er tat es.

## 2

Ich hatte eine glückliche Kindheit! Obwohl sie aus heutiger Sicht und insbesondere im Vergleich mit der meiner eigenen Kinder nicht leicht war. Als Sechste von neun, eigentlich Achte von elf Geschwistern – zwei Schwestern sind schon vor meiner Geburt gestorben – bin ich an der Ostküste Kenias, in Mnarani, einem kleinen Dorf im Landkreis Kilifi, aufgewachsen.

In meinen Augen war Mnarani eines der schönsten Dörfer Kenias, vielleicht sogar das allerschönste. Ich konnte mich nicht satt sehen, wenn bei Sonnenauf- oder -untergang die Strahlen durch die hohen Wipfel der Kokospalmen, durch die riesigen Kronen der Baobab Bäume, durch die immergrünen Blätter der Cashewbäume schienen, das Laub der Jambulbäume glitzerte und Landschaft und Dorf in ein ganz besonderes Licht tauchten. Und dazu das vielfältige Vogelgezwitscher rund um den Mnarani Creek. Meine Eltern, die sehr gläubig waren, erinnerten uns oft daran, dass wir dankbar für das Leben sein sollten, das Gott uns geschenkt hat und für all das, was wir hier erleben dürfen. Mnarani war auch noch aus anderen Gründen für mich das schönste Dorf: Da ist der weiße Strand des Indischen Ozeans, da sind die historischen Mnarani Ruins und dann gab es damals noch eine Fähre als einzige Verbindung zwischen Kilifi Town und Mnarani.

Es war ständig heiß in Mnarani. An manchen Tagen herrschten Temperaturen bis zu vierzig Grad Celsius, aber die erfrischende Brise vom Indischen Ozean machte die Hitze nicht nur erträglich, sondern durchaus angenehm. Ich kann mich noch gut erinnern, dass wir Kinder uns an Wochenenden von zu Hause wegschlichen, zum Strand liefen und ins kühle Wasser sprangen.

Manchmal haben wir es sogar gewagt, den ganzen Tag dort zu bleiben, obwohl wir wussten, dass es Ärger mit unseren Eltern geben würde, sobald wir zurückkamen. Ich kann mich noch gut erinnern, dass sie uns zur Warnung, die Geschichte von der «wunderschönen Mammy Water» erzählten, die im Meer lebe. Von Zeit zu Zeit komme sie aus dem tiefen Meer an den Strand, sei wunderschön gekleidet und sehr lieb zu den Kindern.

Das alles sei nur eine List, um die Kinder ins tiefe Meer zu locken und für immer mitzunehmen. Wenn wir hörten, dass ein Kind im Meer ertrunken war, was gar nicht selten vorkam, waren wir sicher, dass «Mammy Water» dieses Kind geholt hatte. Wir bekamen mächtig Angst. Trotzdem gingen wir immer wieder zum Strand, auch wenn wir wussten, dass Mutter nicht amüsiert sein würde. Oft prüfte sie unsere Haut auf den Geschmack von

13

Meeressalz, nachdem wir nach Hause kamen. Wenn Ihre Vermutung zutraf, gab es mächtigen Ärger.

★ ★ ★

Früher war Mnarani ein richtiges Buschdorf und wurde überwiegend von den «The Mijikenda Tribes of Kenya» bewohnt. «Mijikenda» bedeutet «Neun Volksgruppen». Diese Stämme sprachen zwar fast dieselbe Sprache, hatten aber unterschiedliche Dialekte. Sie waren meist mit Lendenschurzen bekleidet, ernährten sich von der kargen Landwirtschaft, der Fischerei und der Jagd. Für andere Völkergruppen Kenias, wie zum Beispiel die Luos, Kikuyus, Kambas und Maasais, war Mnarani damals noch uninteressant. Das änderte sich erst, als die britische Familie Walson während der Kolonialzeit Mnarani für sich entdeckte.

Die Familie besaß viel Land und gründete dort die Firma Kilifi Plantations Ltd.

Neben etlichen Sisalplantagen betrieb sie auch die Milchwirtschaft und schaffte somit viele Arbeitsplätze. Nicht nur die meisten Dorfbewohner arbeiteten für Kilifi Plantations, die Firma zog auch Angehörige anderer Volksgruppen – so wie meine Eltern – zum Arbeiten nach Mnarani. Zu meiner Jugendzeit herrschte ein harmonisches Miteinander, trotz der unterschiedlichen Religionen und Kulturen, und das war durchaus bereichernd für das Zusammenleben.

In meiner Familie wurden die Hausarbeiten auf alle Familienmitglieder aufgeteilt. Jedes Kind musste zusehen, dass es seine Haushaltspflichten zeitnah erledigte. Es konnte passieren, dass Mutter mir irgendeinen Auftrag gab, ich nicht richtig hinhörte und einfach wegrannte, um mit Nachbarskindern zu spielen. Den Auftrag hatte ich dabei natürlich komplett vergessen und er fiel mir erst wieder ein, nachdem ich vom Spielen zurückkam. Ich bekam den Hintern versohlt. Sobald ich aber den Auftrag mit schmerzendem Hintern erledigt hatte, war alles wieder gut. Mutter war nie nachtragend. Das machte sie für mich zur besten Mutter der Welt.

Einmal erhielt ich die Aufgabe das Kunststoffgeschirr abzuspülen. Ohne Spülmittel und heißes Wasser war das schwierig. Eine langwierige Arbeit, wenn man bedenkt, dass man erst noch Feuer machen musste. Ich hatte darauf keine Lust und flüchtete durchs Gebüsch zu meiner Freundin. Allerdings hatte ich nicht mit der im Gestrüpp versteckten Schlange gerechnet und erschrak fast zu Tode, als ich auf sie trat. Ich rannte um mein Leben zurück zu Mutter, fiel ihr in die Arme und entschuldigte mich, dass ich weggelaufen war. Von der Schlange habe ich ihr bis heute nicht erzählt. Das

Gefühl von der Schlange unter meinem nackten Fuß werde ich nie vergessen.

★ ★ ★

Eines Nachmittags schickte mich meine Mutter los, um Feuerholz zu sammeln. Ziellos lief ich durch die Gegend: kein trockenes Holz auf dem Boden weit und breit. Ab und zu schaute ich auch in die Bäume hinauf und entdeckte tatsächlich an einem Niembaum einige trockene Äste. Die Freude war groß und ich entschloss mich, auf den Baum zu klettern.

Die ersten beiden Äste hatte ich schon abgebrochen und drehte mich zum dritten um, als ich mich Auge in Auge einer langen grünen Schlange gegenübersah, die zwischen Blättern auf einem Ast lag. Bewegungslos starrte sie mich an, und ich war für einen Moment wie gelähmt. Regungslos stand ich im Baum. Die Schlange und ich blickten uns an. Ihr Hals war etwas geschwollen, vermutlich hatte ich sie beim Fressen gestört. Plötzlich spürte ich einen Schubs von hinten, und ich fiel vom Baum und zu Boden. So schnell ich konnte, sprang ich auf, griff nach meinen beiden Ästen und lief eilig nach Hause. Wieder hatte ich einen Schutzengel bei mir.

★ ★ ★

Der Fernseher ist heute für viele Menschen so all-
täglich wie Essen und Trinken und als gebräuchli-
ches Informationsmedium kaum noch wegzuden-
ken. In den Neunzigern diente die kleine Schwarz-
Weiß-Kiste in meinem Dorf als Statussymbol. Wer
sie besaß, durfte sie auch seinen Besuchern stolz
präsentieren. Im Dorf gab es einige Fernsehbesit-
zer, deren Kinder mir von interessanten Sendungen
erzählten. Ebenfalls in den Neunzigern wurde die
kenianische Serie «Tausi» «Pfau» über den kenianischen Sender KBC TV zum ersten Mal ausge-
strahlt. Es war eine Geschichte über das Leben und
die Liebe, ein Drama, das die Fernsehzuschauer
völlig in den Bann zog.
Als Teenager hätte ich vor Neid platzen können,
wann immer mir «die Kinder der Reichen» von
den Staffeln dieser Serie erzählten. Einmal bekam
ich Lust, einem der Fernsehzuschauer einen uner-
warteten Besuch abzustatten. Also, an einem späten
Nachmittag ignorierte ich mal wieder meine
Pflichten daheim und machte mich heimlich auf
den Weg dorthin. Für etwa fünf Minuten wurde
ich in dem Haus willkommen geheißen. Ich fühlte
mich wohl und war sehr gespannt auf den Beginn
der Sendung, aber ich wusste nicht, dass meine
Freude nur von kurzer Dauer sein würde. Kurz vor
Sendungsbeginn wurde ich von den Erwachsenen
rausgeschickt. Dann schlossen sie die Tür hinter

sich. Noch stand ich enttäuscht vor dem Haus, als mir das Fenster zum Wohnzimmer auffiel.

«Etwas Hoffnung gibt es doch noch», dachte ich mir. Ich lief zum Fenster und positionierte mich so, dass ich alles mitverfolgen konnte. Aber es gelang mir nur bis zur Mitte der Serie, dann hat mich der Hausbesitzer entdeckt. Er war ein kleiner Araber mit kräftiger Statur. Ich spürte plötzlich einen schmerzhaften Schlag auf meinen Rücken. Ich erschrak so sehr, dass ich nicht mal weinen konnte.

«Nie wieder darfst du dich hier hinstellen, kapiert?», sagte er wütend, während er einen Stock in der Hand schwang.

Ich bekam keinen Ton mehr raus und fühlte, wie große Tränen mir über das Gesicht rollten. Ich entfernte mich mit langsamen Schritten. Wieder traute ich mich nicht, Mutter davon zu erzählen, denn die Antwort kannte ich schon: «Selbst schuld!»

Ein gebranntes Kind scheut normalerweise das Feuer, aber bei mir schien es so, als hätte ich meine Lektion mit Feuerholzsuchen auf Bäumen und in Gebüschen nicht gelernt.

An einem warmen Samstagnachmittag passierte etwas Schreckliches. Ich war zwölf Jahre alt. Meine zwei Jahre ältere Schwester LaWino, zwei Freundinnen - Akinyi und Medi - und ich waren zum Feuerholzholen verabredet. Also verließen wir im Licht der Morgensonne unser Zuhause, um das ungefähr acht Kilometer entfernte Gebüsch vor zwölf Uhr Mittag zu erreichen. Auf der Forststraße, die uns zu unserem Ziel führte, sangen wir freudig und tanzten miteinander.

Es wurde dabei geblödelt, geschubst und einfach so zum Spaß gerannt. Als wir endlich unser Ziel erreichten, ging es sofort los mit der Holzsucherei, und die Freude war groß, als wir nach nur wenigen Minuten genügend Brennholz gesammelt hatten. Wir bündelten das Holz in vier Portionen, trugen es mithilfe eines auf dem Kopf gewickelten Tuchs und machten uns wieder auf den Weg nach Hause.

«Ich brauche eine klitzekleine Pause. Das Holz wird immer schwerer und mein Kopf tut langsam weh», hörten wir Medi sagen.

«Ich brauche auch eine kleine Pause. Es ist wirklich sehr anstrengend», fügte ich hinzu.

«An der Kreuzung gibt es den schönen Niembaum. Könnt ihr noch ungefähr dreihundert Meter durchhalten? Der Baum wirft einen großen Schatten. Es wäre schön, wenn wir dort Pause machen würden», erwiderte Akinyi.

«Ja, einverstanden», antworteten LaWino, Medi und ich wie in einem Chor.

Medi war ein wunderhübsches Mädchen und mit ihren zehn Jahren war sie die Jüngste von uns allen. Sie hatte eine schöne hellbraune, geschmeidige Haut, um die sie alle Kinder beneideten. Wäre da nicht das krause Haar gewesen, hätte man sie mit einer Araberin verwechseln können.

★ ★ ★

Mittlerweile hatten wir unseren lang ersehnten Pausenplatz erreicht und saßen gemütlich unter dem Baum. Alle waren müde, genossen die einzigartige Ruhe und redeten dabei kaum etwas miteinander. Ich legte mich mit dem Rücken auf den Boden und verwendete dabei mein Feuerholz als Kissen. Meine Beine waren übereinandergeschlagen. Ich schaute in den Himmel und fragte mich, ob ich diese Art von Arbeit mein Leben lang machen müsse und was aus meinem Leben werden würde. Ich bekam keine Antwort und vertrieb den Gedanken schleunigst aus dem Kopf. Dann schloss ich meine Augen und versuchte den Augenblick zu genießen, machte sie aber Sekunden später aus irgendeinem unerklärlichen Grund wieder auf. Ich drehte meinen Kopf zu Medi, die friedlich rechts neben mir lag. Ich war irgendwie sehr zufrieden, als ich feststellte, dass sie eingeschlafen war. Akinyi, LaWino und ich waren uns einig, dass der Schlaf unserem Küken absolut guttue. Die Welt stand für einen Moment still, dann brach LaWino das Schweigen:

«Ich bin froh, wenn wir wieder zu Hause bei unseren Eltern sind».

«Ja, ich auch. Ich denke, unsere Eltern werden sich freuen, wenn sie das Feuerholz sehen», antwortete Akinyi, und ich konnte vor Müdigkeit nur noch nicken. Plötzlich hörten wir einen lauten Schrei.

Wir erschraken und drehten uns in Medis Richtung um.

«Was hast du, was ist los? », fragte LaWino.

«Etwas hat mich am Bein gebissen und es fühlt sich sehr schmerzhaft an. Bitte helft mir!»

Wie aus dem Nichts sprangen wir auf der Stelle auf und eilten zu Medi. Akinyi ging in die Knie und schaute sich Medis rechtes Bein genauer an. Wir konnten ihr den Schock anmerken.

«Oh mein Gott. Ich glaube, sie ist von einer Schlange gebissen worden». Für einen Augenblick wurde es still und wir schauten uns alle an.

«Bitte tut etwas, irgendetwas, ich will nicht sterben», flehte uns Medi an und legte sich langsam flach auf den Boden.

«Scheiße, was machen wir jetzt?», fragte ich panisch.

LaWino und Akinyi standen auf. Sie liefen verzweifelt hin und her. Bei mir saß der Schock so tief, dass ich meinen Körper nicht mehr bewegen konnte. Nur mit den Augen konnte ich das Geschehen um mich herum wahrnehmen. Von uns dreien schien Akinyi die Einzige zu sein, die noch handlungsfähig war. Sie stand auf und suchte hektisch mit einem Stock in der Hand nach der Schlange, aber sie war bereits spurlos verschwunden. Dann rannte sie zurück zu Medi, die inzwischen die ersten Lähmungserscheinungen hatte. Sie setzte sich zu ihr und hielt hilflos ihren Kopf in ihrem Schoss.

Erst als sie «Tüte!» schrie, erschrak ich und erwachte aus meinem Trancezustand.

LaWino eilte hastig zu einer Plastiktüte, die im Gras lag und brachte sie Akinyi. Blitzartig riss Akinyi die Tüte auf und gab sie LaWino zurück.

«Schnell, binde sie so fest wie du kannst um Medis Wade», kommandierte sie, drehte sich zu Medi und versuchte, sie zu beruhigen:

«Damit sich das Gift nicht so schnell in deinem Körper verbreiten kann. Du wirst sehen, alles wird gut». Dann ließ sie Medis Kopf langsam auf den Boden sinken und stand auf.

«Medi, hör mal, ich werde dich jetzt langsam auf dem Rücken tragen und bringe dich nach Hause zu deiner Mama, okay?» und Medi blinzelte ihr zu. Wir ließen das Brennholz liegen und machten uns auf den Weg zu Medis Haus. Kurz bevor wir ankamen, übernahm LaWino das Tragen. Akinyi und ich liefen hinterher. Als wir Medis Haus erreichten, waren wir sehr enttäuscht. Medis Mutter war nicht zu Hause.

«Sie ist nicht da. Sie wollte heute zwar nicht arbeiten gehen, aber sie entschied sich, doch hinzugehen», berichtete uns ein Nachbar.

Wir erzählten, was geschehen war. Er übernahm Medis Fall und wir mussten, ohne helfen zu können, zuschauen, wie Medi gegen sechszehn Uhr immer schwächer wurde.

«Akinyi, bitte leg mich in mein Bett. Ich bin müde», bat Medi. Akinyi tat dies vorsichtig und Medi bedankte sich mit einem Lächeln. Dann schaute sie uns an und machte die Augen zu. Sie ist nie wieder aufgewacht.

Die Qualen der Schuldgefühle und Selbstvorwürfe überfielen uns. Schrecklich fühlten wir uns, auch weil wir wussten, dass Medis Mutter nun jede Minute von der Arbeit nach Hause kommen könnte. «Wie sollen wir jetzt Medis Mutter erklären, dass ihr einziges, geliebtes Kind nicht mehr lebt?», stellte uns LaWino die Frage, auf die wir keine Antwort hatten. Plötzlich hörten wir die Schreie einer Frau. Als die Stimme immer näherkam, zuckten wir zusammen. Es war Medis Mutter. Irgendjemand musste ihr bereits von der Tragödie berichtet haben. Als sie den leblosen Körper ihrer Tochter sah, ist sie auf der Stelle zusammengebrochen. Medi wurde ein paar Tage später beerdigt. Uns hat dieses schreckliche Erlebnis nie wieder losgelassen.

## 3

Wir wohnten in einer Lehmhütte. Lehmhütten wurden selbst gebaut. Im Laufe der Zeit haben wir mehrere auf unserem Grundstück errichtet. Das war sehr anstrengend. Wir Kinder hatten keineswegs immer Spaß am Hausbau, aber wenn die Lehmhütte stand, waren wir doch sehr stolz auf das Ergebnis.

Der Bau eines neuen Hauses begann mit der Suche nach geeignetem Baumaterial. Bereits im Morgengrauen brachen wir mit den Eltern auf in den Busch, «bewaffnet» mit Macheten und Messern. Dort suchten wir nach geeigneten Pfosten für die Eckpfeiler des geplanten Hauses, die dann mit Lianen zusammengebündelt und nach Hause geschleppt wurden.

Am nächsten Tag ging es mit den Bauarbeiten los. Wir gruben Löcher in den Boden – dreißig Zentimeter tief mit etwa zwanzig Zentimeter Durchmesser –, in denen Eckpfeiler versenkt und stabilisiert wurden. Diese Eckpfeiler wurden mit dünnen Ästen verbunden und mit Blättern der Sisal-Agave fixiert. Die Pfeiler bildeten das Gerüst für die Wände. Zuletzt wurde das Dach mit Palmblättern gedeckt. Am darauffolgenden Tag mussten wir auf unserem Grundstück Lehm ausbuddeln. Wir gruben ein Riesenloch, um genügend Lehm zu bekommen, vermischten diesen mit Regenwasser und befüllten damit die «Wände» unseres Hauses. Wenn die Arbeit nach wenigen Tagen abgeschlossen war und das Haus stand, waren wir glücklich und zufrieden. Nun dauerte es noch ein paar Tage, bis der Lehm getrocknet war, und wir konnten in unser neues Zuhause einziehen.

Gekocht wurde vor dem Haus am offenen Feuer. Im Haus gab es weder fließendes Wasser noch Strom. Für die Nacht hatten wir zwei aus Konservendosen gebastelte Kerosinlampen. Um immer genügend Wasser im Haus zu haben, mussten meine Eltern oft viele Kilometer zur nächsten Wasserstelle gehen und dann das lebenswichtige Nass in Plastikkanistern auf dem Kopf zurücktragen. Später wurden auch wir Kinder gelegentlich auf «Wassertour» geschickt und waren total stolz, wenn wir mit dem kostbaren Wasser wieder heil daheim angekommen waren. Manchmal war dann schon am anderen Morgen alles Wasser verbraucht, dann ging es noch vor der Schule hinaus aufs Feld, und Gesicht und Füße wurden mit Morgentau gewaschen.

★ ★ ★

Unsere Lehmhütten standen auf einem sehr großen
Grundstück, auf dem wir Kinder herrlich spielen
und abends beim Mondlicht mit Nachbarskindern
trommeln und singen konnten. Das Grundstück
bot auch noch viel Platz für unsere zwanzig Ziegen. Neben einem Fahrrad und einem Radio waren die Ziegen Vaters Heiligtum. Mittlerweile arbeitete Vater als Postbote bei der Kreisverwaltung
in Kilifi. Wenn er abends nach Hause kam, ging er
direkt zu seinen Ziegen, um sich zu überzeugen,
dass auch ja keine fehlte. Danach ließ er sich von
einem seiner Kinder eine mittelgroße Plastikwanne
mit Wasser in das Badezimmer tragen, ehe er sich
waschen ging. Das Badezimmer war eine kleine
kreisförmige Waschstelle, die nur mit Palmenblät-
tern als Sichtschutz bedeckt war. Das Zimmer war
für unsere Gäste etwas abenteuerlich. Es hatte kein
Dach und irgendwie machte es uns Kindern einen
riesen Spaß, sich «unter freiem Himmel» zu waschen. Je nach Jahreszeit, zum Beispiel in der Regenzeit, lauerten Igel, Frösche oder Tausendfüßer
ums Bad herum. Nicht selten kam es vor, dass ein
Badender vor Schreck mit geseiftem Körper schreiend aus dem Badezimmer rannte, weil ihm ein In-
sekt oder ein anderes Tier über die Füße gekrabbelt
war.

★ ★ ★

Nach dem Waschen fragte Vater wie gewohnt nach dem Essen und begab sich nachdem er gegessen hat direkt in sein Zimmer zu seinem Radio. Er hatte stets seinen Lieblingssender eingestellt und merkte sofort, wenn jemand sich mit seinem Radio beschäftigt hatte. Wir «doofen» Kinder haben natürlich nie genau hingeschaut, welcher Sender am Radio gewählt war, bevor wir daran rumspielten. Als Vater nach Hause kam, bemerkte er, dass wir sein «heiliges Radio» angerührt hatten. Wir bekamen mehr als einmal Stress mit ihm deswegen.

Vater sah nicht nur gut aus, er war auch sehr sportlich. Es gab Zeiten, da habe ich ihn darum beneidet, wie schnell er rennen konnte. Den weiten Weg zur Arbeit fuhr er sehr gern mit dem Fahrrad. Es gab auch Tage, an denen er das Fahrrad zu Hause stehen ließ und die zehn Kilometer zur Arbeit lief.

Eines Tages konnten mein Bruder Herode und meine Schwester Milo nicht mehr widerstehen und nahmen Vaters Fahrrad – obwohl das strengstens verboten war –, um auch selber fahren zu lernen. Als Vater heimkam, fand er sein beschädigtes Fahrrad vor – und kochte vor Wut. Wir konnten es deutlich in seinem Gesicht sehen und zitterten vor Angst. Ein Grund, warum unsere älteste Schwester Masai nie Fahrradfahren lernte. Nun begann Vater, ein Kind nach dem anderen zu befragen, um herauszufinden, wer sich an seinem Fahrrad zu schaffen gemacht hatte. Als mein Bruder Herode an der Reihe war, geriet er in Panik und rannte weg. Hierdurch hat er sich verraten und Vater wusste somit sofort, wer der Übeltäter war. Er sprang auf und rannte ihm hinterher.

Wir, die auch verhört wurden, wollten das Spektakel nicht verpassen und eilten Herode, an der Spitze gefolgt von meinem Vater, ebenfalls hinterher. Herode rannte und rannte – bis ihm plötzlich ein Hindernis, der elektrische Zaun des englischen Farmers, im Wege stand. «Was nun?» Einen anderen Weg gab es für Herode nicht. «Ich muss unter dem Zaun durchkriechen. Nur so kann ich dem wutentbrannten Vater entkommen. Wenn ich die andere Seite erreicht habe, bin ich definitiv in Sicherheit. Vater kann den Zaun unmöglich überwinden» dachte er sich ganz naiv. Aber er hatte Vater unterschätzt. Er war schneller und sogar sportlicher als erwartet. In dem Moment, als Herode unter den Zaun gekrochen war, war Vater bereits über den beachtlich hohen Zaun gesprungen. Jetzt gab es kein Entkommen mehr. Vater - noch immer wütend - führte Herode nach Hause und die Befragung ging weiter.

Am Ende kam heraus, dass unser großer Bruder Basanga und unser Cousin Agwingi auch ihren Spaß mit dem Fahrrad hatten. Die zwei waren für die Schäden am Fahrrad verantwortlich. Vater ging in sein Zimmer und holte zwei Gehstöcke. Er packte die beiden Jungs mit den Griffen der Gehstöcke am Hals und zerrte sie zur Polizei. Dort angekommen, beschuldigte er sie als Diebe, und es gab fürchterlichen Ärger.

Jeden Monat, nachdem Vater sein bescheidenes Gehalt bekam, brachte er ein halbes Pfund Fleisch mit nach Hause. Er war der Meinung, dass es für die ganze Familie reichen müsse, allerdings sollte der größte Teil davon auf seinem Teller liegen.

Das bedeutete, dass Mutter den Rest in winzige Stückchen schnitt, damit jeder etwas davon bekam. Mutter bereitete das Fleisch mit viel Wasser, Salz und etwas Öl zu und servierte es in kleinen Kunststoffschüsseln. Dazu gab es Ugali, einen festen Maisbrei, damit alle satt wurden. An manchen Tagen war ich sehr froh, dass es den britischen Farmer gab.

Walson besaß nicht nur die Sisalplantage, sondern auch Tausende von Milchkühen. Dort, also in «Kambini», wie es früher hieß, fand einmal im Jahr ein großes Schlachtfest mit viel Programm statt. Gesellschaftsspiele, wie zum Beispiel Grill-, Ess-, Lauf- und Sacklaufwettbewerbe gehörten immer dazu. Mich freute es sehr, dass auch wir Kinder mitmachen durften. Am meisten machte mir das Känguruhopsen im Sack Spaß. Beim «Achtung – fertig – los!» sprangen die Kinder in alle Richtungen, fielen hin und her, manche weinten, manche lachten, und mit viel Mühe schafften sie es doch endlich ins Ziel, wo sie mit Bonbons belohnt wurden. Im Anschluss kam die Stunde, auf die sich alle Dorfbewohner am meisten freuten. Während Walsons Metzger das begehrte Fleisch umsonst bekamen, durften die Dorfbewohner es an diesem Tag zu sehr günstigen Preisen kaufen. Meine Familie hatte das große Glück, dass einer der Metzger unser Familienfreund Mika war. Mika war mit unserer familiären Situation bestens vertraut. Gelegentlich bestellte er zum Schlachthof, weil er uns Fleisch schenken wollte. Es gab auch Tage an denen ich Mutter zum Schlachthof begleiten durfte, um zuzusehen, wie Mika und seine Kollegen arbeiteten. Ein letztes Aufbäumen, der Stich in den Hals, und das Blut spritzte in einen großen Aluminiumeimer. Den Anblick der aufgehängten, aufgeschnittenen, noch dampfenden Körper der Tiere und den Geruch fand ich überraschenderweise kein bisschen widerlich. Ganz im Gegenteil: Er ließ mir das Wasser im Mund zusammenlaufen und ich konnte es kaum abwarten, bis ein fettes Stück Fleisch auf meinem Teller landete.

Fehlte Mika auf der Arbeit, bekamen wir kein Fleisch umsonst. Mutter bestellte stattdessen Kuhblut. Sie bereitete es uns zu Hause mit Ugali zu, damit wir wenigstens den Geschmack vom Fleisch bekamen.

★ ★ ★

Vater und Mutter taten alles, um uns einiger-ma-
ßen ausreichend zu ernähren, aber der ständige
Kampf gegen den Hunger machte ihnen das Leben
oft sehr schwer. Früher mussten sie Chang'aa, einen selbst gebrannten Schnaps, verkaufen, um irgendwie über die Runden zu kommen. Sowohl
die Herstellung als auch der Verkauf war illegal.
Das Getränk war in Kenia sehr beliebt und es gab
genug Kunden. Die einen kamen, weil sie ihre Sorgen für einen Moment vergessen wollten, andere,
weil sie Gesellschaft suchten, und um ein Weilchen
über Gott und die Welt zu schwätzen. Und es gab
auch einige, die einfach nur Alkoholiker waren.
Der Verkauf wurde zwischen unseren beiden
Lehmhütten im Verborgenen abgewickelt. An einigen Tagen lief das Geschäft gut und an anderen
weniger gut. Es gab auch Tage, an denen die Kunden ganz ausblieben. An diesen mussten wir ohne
Essen ins Bett und wenn es ganz schlimm kam, am
nächsten Morgen auch ohne Frühstück zur Schule
gehen. Eines Tages – ich war noch nicht auf der
Welt – wurde Mutter beim Verkauf des beliebten
Schnapses von der Polizei erwischt. Die Gäste
flüchteten blitzschnell ins nächste Gebüsch, denn
auch sie machten sich ja strafbar.
Mutter musste für eine Weile ins Gefängnis, ins
Shimo la Tewa Prison. Sie war damals hoch-
schwanger mit meinem Bruder Herode. Milo war
gerade erst zwei Jahre alt, also nahm sie sie mit.

Herode wurde im Gefängnis unter elenden Umständen geboren. Ein Ereignis, das Mutter zur Witzfigur werden ließ. «Mama Afande» nannte man sie – nicht nur hinter vorgehaltener Hand. «Afande» bedeutet so viel wie «Sir» oder «Effendi». Der Begriff wird für Polizeioffiziere oder Streitkräfte in Kenia verwendet.

Während Mutter im Gefängnis saß, ging Vater nach Tana River, um es mit Fischhandel zu versuchen. So waren meine beiden älteren Geschwister, Masai und Basanga, allein auf sich gestellt. Masai, damals circa vierzehn Jahre alt, suchte sich einen Job, um die Eltern zu unterstützen und ging gelegentlich auf die Plantagen des Engländers. Ein Mnyapara «Vorarbeiter» beschäftigte sie dort für sehr geringen Lohn als Sisalschneiderin – umgerechnet einen Pfennig pro Sisalblatt –, das sie mit einer Machete schneiden musste. Der zehn Jahre alte Basanga langweilte sich derweil zu Hause und kletterte, wenn er hungrig war, auf die Cashewbäume der Umgebung und stopfte sich mit den Früchten des Baumes voll.

Schließlich kam Mutter mit dem kleinen Herode und Milo nach einiger Zeit wieder aus dem Gefängnis frei, und die Familie war wieder vereint. Von ihren Ersparnissen kauften die Eltern ein großes Stück Ackerland in Mavueni, fünfzehn Kilometer von unserem Dorf Mnarani entfernt.

★ ★ ★

Für uns Kinder bedeutete Mavueni vor allem anstrengende Arbeit. Vor der Regenzeit, während der Regenzeit und schließlich auch nach der Regenzeit, später bei der Ernte. Zweimal im Jahr regnete es damals mehr oder weniger ausgiebig in Kenia. Einmal in der «großen Regenzeit» von März bis Mai und dann noch einmal von November bis Mitte Dezember. Vorher aber musste das Ackerland gut vorbereitet sein, damit Mais und anderes Getreide gut gedeihen konnten. Für die ganze Familie bedeutete das, an den Samstagen früh um vier aufzustehen und mit einer Tasse schwarzem Tee im Bauch, mit Spitzhacken und Macheten «bewaffnet», eininhalb Stunden zu Fuß von Mnarani nach Mavueni zu wandern.

Der Weg war mühsam und ermüdend. Barfuß liefen wir durch den Busch. Wer nicht richtig aufpasste, konnte sehr schmerzhaft von Feuerameisen gebissen werden. Waren wir endlich angekommen, holten wir als Erstes unsere im Gras versteckten Töpfe und Tassen hervor. Feuer wurde angezündet und der zweite Tee des Tages gekocht. Wenn wir Glück hatten, gab es noch ein von den Eltern gekauftes Brot dazu. Danach war Ackerpflügen angesagt. Herode hatte am wenigsten Lust zu dieser Arbeit. Er klagte schnell über Kopfschmerzen und wenn Mutter ihm sagte, dass er sich hinlegen soll, dann hielt er am liebsten sein Nickerchen in den Zweigen unserer Cashew- oder Mangobäume.

Seltsamerweise wachte er immer dann auf, wenn wir kleinere Pausen machten oder wenn es etwas zu essen gab. Ging die Sonne unter, war er wieder gesund. Seine Kopfschmerzen waren wie weggeblasen und er konnte mehr oder weniger fröhlich wieder mit uns nach Hause laufen.

Mitte August, zeitgleich mit den Schulferien, kam dann die Erntezeit. Allein der Gedanke, dass wir bald für eine Weile genug zu essen haben würden, machte meine Eltern glücklich. Wenn wir Kinder aber nur an die Schlepperei dachten, waren wir schon müde und erschöpft, bevor wir uns überhaupt auf den langen Weg zum Acker machten. Die Schlepperei war in dieser Zeit jeden zweiten Tag angesagt. Jeder von uns musste einen Sack mit Mais oder Getreide füllen und dann auf dem Kopf nach Hause tragen.

Mutter, die den größten Maissack von allen trug, verlor einmal die Kontrolle und stürzte heftig zu Boden. An ihrem Gesichtsausdruck konnten wir erahnen, wie schmerzhaft der Aufprall für sie gewesen sein musste. Aber sie war sehr tapfer und weinte nicht.

★ ★ ★

Kinder zu haben, war eines der wichtigsten Ziele in der kenianischen Gesellschaft. Viele glaubten, dass mit der Anzahl der Kinder sich auch der Reichtum mehre. Meine Eltern glaubten auch daran. In der damaligen Gesellschaft bekam man mehr Respekt, hieß es doch: «Seht mal, sie sind so fruchtbar, sie haben Gottes Segen». Weil Buben einen höheren Stellenwert als Mädchen hatten, konnten die Eltern geradezu vor Stolz platzen, wenn das erstgeborene Kind ein Junge war. Ein Bub galt als Beschützer der Familie, denn er würde später die Rolle des Familienvaters übernehmen und wie ein Krieger seiner Familie Schutz bieten. Es war deshalb selbstverständliche Pflicht, die Söhne, besonders die erstgeborenen, in die Familienversammlung einzubinden, sie zu informieren und anzuhören, bevor eine wichtige Entscheidung getroffen wurde.

Kam ein Mädchen zur Welt, freuten sich die Eltern zwar auch, aber sie wussten gleichzeitig, dass eine Tochter nach der Hochzeit in die Familie des Schwiegersohnes ziehen und diese bereichern würde. Sie würde sich also höchstwahrscheinlich nicht um ihre eigene Familie kümmern. Die Mädchen wurden deshalb an wichtigen Entscheidungen gar nicht erst beteiligt. Es gab aber auch zumindest einen positiven Effekt: Der Bräutigam hatte, bevor er die Tochter heiraten durfte, einen Brautpreis zu bezahlen. Hierbei handelte es sich üblicherweise um eine Handvoll Kühe und Ziegen. Zu diesen Zeiten war es Gesetz, dass nur die Väter des zukünftigen Ehepaares und einige Onkel des Brautpaares an den Verhandlungen teilnahmen.

Während die Männer den Brautpreis aushandelten, durften die Frauen mit der zukünftigen Braut in der

Küche hocken. Für sie bestand kein Rederecht bei den Verhandlungen.

In der Küche wurde die Braut über die wichtigsten Dinge des Lebens belehrt. Zum Beispiel, dass man eine gute und gehorsame Frau sein solle. Und weil Liebe auch noch durch den Magen geht, wurde die Braut instruiert, wie sie ihrem Ehemann eine Mahlzeit zuzubereiten habe.

★ ★ ★

Unfruchtbare Frauen hatten in dieser Gesellschaft keinerlei Anspruch auf Respekt. Sie wurden stigmatisiert und galten automatisch als schlechtes O-men, weil man damals entweder an die afrikanischen Götter oder an Voodoo glaubte. Für manche Kenianer war Unfruchtbarkeit ein Zeichen der Götter, dass die Frau etwas Böses in sich trägt. So passierte es, dass man die Ursache der Kinderlosigkeit nicht genau untersuchte, sondern selbstverständlich fest daran glaubte, dass der Fehler nur bei der Frau liegen könnte. Dies führte meistens zu schlimmer häuslicher Gewalt. Die betroffenen Frauen wurden permanent von ihren Ehemännern auf das Übelste beschimpft und misshandelt.

Auf die Frage, warum man seine Frau schlägt, gab es die übliche Antwort: «Ich habe für dich Kühe bezahlt, aber du bist nutzlos. Wertlos bist du. Du bist mein Eigentum, also darf ich dich auch schlagen. Ich schlage doch auch meine Kühe!»

Berichte über Misshandlungen wurden innerhalb der Familien einfach ignoriert und zurückgewiesen, da die Eltern nicht mehr in der Lage waren, den Brautpreis zurückzuzahlen.

Oft wurden die Frauen von der Gesellschaft isoliert. Sie schämten sich sehr für ihre Kinderlosigkeit. Sie fühlten sich alleingelassen, da sie niemanden mehr hatten, bei dem sie Schutz suchen konnten. Letztendlich blieben sie bei ihren Ehemännern, da es keinen anderen Ausweg gab. Fatal!

1964 wurde Masai geboren. Sie war das erste Kind meiner Eltern. Ob sie ein bisschen enttäuscht waren, weil sie sich einen Jungen als Erstgeborenen gewünscht hatten, haben wir nie erfahren. Wenn ich mich aber an das Wesen und den Charakter meiner Schwester erinnere, kann ich mir nicht im Geringsten vorstellen, sie könnte eine Enttäuschung für unsere Eltern gewesen sein. Trotz der vielen Probleme und des Kampfes gegen die Armut unserer Familie wuchs Masai zu einer bemerkenswerten jungen Frau heran. Sie war selbstständig, selbstbewusst, stark und liebenswert. Sie unterstützte unsere Eltern in jeder Hinsicht – sei es bei der Hausarbeit, der Erziehung der wachsenden Zahl jüngerer Geschwister und schließlich auch finanziell. Von unseren Eltern wurde sie etwas strenger als wir Jüngeren erzogen und musste meistens bei unserer Erziehung mitanpacken. Immer war sie für uns alle da und tat was sie konnte, um uns glücklich zu sehen. Für Mutter und uns jüngere Geschwister war sie ein Geschenk des Himmels.

★ ★ ★

Für Vater konnte Masais Unterstützung gelegentlich nicht ausreichend genug sein. Als sie berufstätig war, hat er sie, sobald sie ihren Monatslohn erhielt, immer wieder nach Geld gefragt. Erst wenn er sich wirklich sehr sicher war, dass sie kein Geld mehr besaß, gab er Ruhe – bis zum nächsten Mal. Seiner Vorstellung nach mussten all seine Kinder ihren gesamten Verdienst in seine Hände legen, und er hatte dann zu entscheiden, was damit geschehen sollte. Schließlich stand seiner Meinung nach auch in der Bibel, dass der Mann «Oberhaupt des Hauses» sei. Was er allerdings nicht wusste, war, dass es Masai trotz allem gelang, etwas Geld zur Seite zu legen, denn wie jede normale junge Frau hatte auch sie den Wunsch, irgendwann selbstständig ihr eigenes Leben zu leben.

Eines Tages kaufte sich Masai von ihren Ersparnissen ein schönes lachsfarbenes, dreiteiliges Sofa. Mit der Lieferung in ihre Ein-Zimmer-Lehmhütte wartete sie, bis Vater von zu Hause wegging. Mutter beobachtete hocherfreut die Lieferung des Sofas. Als Vater am Abend nach Hause kam, bekam er Wind von dem neuen Möbelstück in Masais Hütte. Er nörgelte, wurde immer unzufriedener mit seinem Leben und konnte vor lauter Neid nicht einmal sein Abendbrot essen. Als er von Tag zu Tag unausstehlicher wurde, überredete Mutter schließlich Masai, ihm das Sofa-Set zu überlassen. Masai hörte auf Mutter. Die beiden Frauen trugen es in das Wohnzimmer des «Oberhauptes». Ab diesem Zeitpunkt kehrte wieder Ruhe ein.

## 4

Auf meine älteren Geschwister, die jeden Morgen zur Schule gingen und auch bald schon lesen und schreiben konnten, war ich als Jüngere manchmal ein bisschen neidisch. Ich wollte das ja genauso wie sie, so gerne in die Schule gehen und etwas lernen, aber ich durfte noch nicht.

Irgendwann kam schließlich auch meine Zeit und ich durfte zur Schule zu gehen. Endlich konnte ich mir mit der rechten Hand am linken Ohr ziehen. Endlich war ich groß genug, nämlich sieben Jahre alt. Da war ich sehr stolz.

Meine Grundschule hieß Mnarani Primary School und war etwa vierhundert Meter von meinem Zuhause entfernt. Sie war eine staatliche Grundschule. Zu dieser Zeit, 1978 – 2002, regierte der zweite Präsident Kenias, Hon. Daniel Toroitich Arap Moi. Im Gegensatz zu heute, mussten meine Eltern damals für die Grundschule Schulgeld zahlen. Wurde bezahlt erhielten die Schüler Milch, die sogenannte «Maziwa ya Nyayo», zur Frühstückspause. Wenn aber ein Kind vom Lehrer oder dem Schuldirektor in eine Ecke oder aus dem Klassenzimmer geschickt wurde, dann wussten alle sofort, dass die Eltern entweder das Schulgeld noch nicht bezahlt hatten oder irgendetwas mit der Schuluniform nicht stimmte.

Die Kinder, deren Eltern es sich leisten konnten, trugen eine Schuluniform, «ein kurzes orangefarbenes Hemd zu einem dunkelgrünen Faltenrock, dazu schwarze Schuhe und weiße Söckchen». Ich selbst hatte nur das Hemd und den Rock. Für Schuhe und Socken reichte das Geld nicht. Als mein Schulrock aus Baumwolle hinten, genau am Hinterteil, kaputtging, ließ ihn Mutter mit einem hellgrünen Jeansstoff flicken. Für mich war es eine Horrorvorstellung damit herumzulaufen, aber ich musste, ob ich wollte oder nicht. Dieser Jeansrock wollte sich auch nicht ordentlich bügeln lassen. Ich schämte mich deshalb und war oft traurig. Viel schlimmer aber war, dass ich manchmal nach Hause geschickt wurde und nicht zur Schule durfte, so lange meine Eltern mit dem Schulgeld im Rückstand waren.

In den ersten Tagen ohne Schulgeld wurde ich meistens noch geduldet, weil Vater den Schuldirektor kannte, und manchmal konnte auch Masai helfen, aber das gelang keineswegs immer.

★ ★ ★

Die Schule begann für alle verpflichtend um Punkt acht Uhr mit einem Morgenappell. Hier wurde als erstes das Vaterunser gebetet – zunächst in englischer Sprache, dann auf Arabisch. Nachfolgend wurden einige Kirchenlieder gesungen und es gab Informationen über Schulprogramme, Veränderungen und Neuigkeiten. Zum Schluss wurde ein Kind nach dem anderen kontrolliert. Dabei ging es um die Körperhygiene, «Fingernägel, Gesicht, Kopf», die Sauberkeit der Schuluniform und die Ordnung der Schulsachen. Passte einem Lehrer oder einer Lehrerin etwas nicht, so wurde der «Übeltäter» nach vorne gerufen, musste sich hinknien und wurde bestraft. Die Lehrer schlugen den Schülern mit einem Stock entweder auf die Hand, auf den Hintern oder auf die Waden. Das war nicht nur sehr schmerzhaft, sondern auch sehr demütigend.

Nach dem Morgenappell gingen wir zum Unterricht in unsere Klassen. Zu Beginn wurden die Hausaufgaben kontrolliert. Gelegentlich geriet ich in Panik, weil ich nicht alle Hausaufgaben geschafft hatte; die Zeit war manchmal einfach zu kurz gewesen.

Man muss sich in meine Situation versetzen:

Ich bekomme eine Mathe- oder Englisch-Hausaufgabe. Auf dem Weg nach Hause beschäftigt einen aber die wichtigste Frage des Tages: «Gibt es heute wohl etwas zu essen». Zu Hause angekommen, führt mein erster Weg in die Küche. Ich suche nach Essen und finde – nichts! Absolut nichts. Da ist die Enttäuschung erst mal groß.

Nun kommt noch Mutter und sagt:

«Schatz, wir haben heute leider nur Maismehl, aber kein Gemüse. Geh doch bitte mit deinen

Geschwistern auf die Plantage von Walson und schaue, ob ihr „Mchicha" oder „Tsalakutze" findet.

Wir waren natürlich hungrig und müde. Keiner von uns hatte wirklich Lust, sich auf die Suche nach dem Gemüse zu begeben. Vor allem das unerlaubte Betreten von Walsons Feld machte uns am meisten Angst. Regelmäßig patrouillierte dort jemand. Entweder ein Askari «Sicherheitsmann» mit einem Rungu «ein Stock» oder einer aus Walsons Familie mit einem Gewehr. Mit diesem wurden immer wieder Warnschüsse abgegeben, um Tiere zu verjagen. Wenn wir Kinder die Schüsse hörten, dachten wir, er wolle uns erschießen und rannten um unser Leben.

Eines Tages kam es dazu, dass jemand einen Warnschuss abgab und ich vor Schreck um mein Leben rannte. Kurz vor dem Zaun übersah ich eine Glasscherbe. Ich trat mit meinem ganzen Gewicht hinein und konnte vor Schmerz nur noch laut schreien. Die Scherbe hatte meinen linken großen Zeh fast vom Fuß abgetrennt und ich verlor viel Blut.

Das Gewebe des Zehs hing gerade noch am Knochen. Ich hüpfte auf einem Bein nach Hause und ließ mich von Mutter verarzten. Sie nahm viel Salz und streute es auf die Wunde. Es brannte höllisch. Sie ging ins Haus und brachte ein Tuch, um die Wunde abzubinden.

«So, Kind, bald muss es aufhören zu bluten», sagte sie nur und ging sich die Hände waschen. Der

Schmerz, den ich dabei spürte, war unvorstellbar groß. Nicht nur am Fuß, auch in meiner Kinderseele.

Oft schleppten wir uns hungrig und müde aufs Feld, pflückten Mchicha, bis die Eimer voll waren und machten uns auf den Heimweg. «Hoffentlich ist genug Feuerholz daheim», dachte ich oft. Ansonsten musste einer von uns gleich wieder los, um welches zu besorgen. «Hoffentlich gibt es auch noch Streichhölzer. Sonst muss ich wieder beim Nachbarn nach Streichhölzern betteln. Wenn er schlechte Laune hat, dann schickt er mich bestimmt wieder weg – ohne Streichhölzer». Mit viel Mühe war dann doch irgendwann das Essen gekocht und wir bekamen endlich etwas in den Magen.

★ ★ ★

Der Gedanke, dass ich nun noch Hausaufgaben machen musste, war schrecklich. Wie sollte ich das schaffen? Abends um sechs wird es bereits dunkel in Kenia. Elektrizität gab es bei uns nicht.

Ob ich Hausaufgaben machen konnte, hing allein von der bereits erwähnten Kerosinlampe ab, die ich auch noch mit meinen Geschwistern teilen musste. Wenn kein Kerosin mehr in der Lampe war und die Eltern sich auch keines mehr für den Abend leisten konnten, mussten wir im Dunkeln schlafen und an Hausaufgaben war nicht mehr zu denken. Funktionierte die Lampe doch, konnte ich müde versuchen, meine Hausaufgaben zu machen – ganz allein, denn meine Eltern konnten mir nicht helfen, und die älteren Geschwister hatten mit ihren eigenen Hausaufgaben mehr als genug zu tun.

Ich bekam dabei regelmäßig den schwarzen Ruß der Lampe in die Nase und musste die Spuren am nächsten Morgen mit Wasser oder Morgentau entfernen bevor ich zur Schule ging. Ich schlief ständig im Unterricht ein.

Kam ich mit unerledigten Hausaufgaben in die Schule, musste ich die Strafe am folgenden Tag wohl oder übel hinnehmen.

Jeder Lehrer hatte seine eigene Methode, Kinder zu bestrafen. Es gab zum Beispiel eine Lehrerin, die ein ganz eigenes Vorgehen entwickelte, um Disziplin zu erteilen: Sie schlug uns mit einem Lineal auf die Fingergelenke. Aber es gab auch Lehrer, die ihre Schüler nicht schlugen. Bei ihnen mussten wir stattdessen auf den Knien über den Schotter rutschen.

Diese ganzen Arten von Bestrafung galten in Kenia als Erziehungsmaßnahmen. Hauptsache, es tat weh und erinnerte die Kinder an ihre Fehler, die sie nicht erneut machen sollten.

★ ★ ★

Alles wurde nicht leichter dadurch, dass mein Vater die Notwendigkeit von Bildung und Schule überhaupt nicht einsah. Ihm war es wichtiger, dass seine Kinder auf die zwanzig Ziegen aufpassten und es etwas zum Essen gab. Vater hatte als Kind keine Chance eine Schule zu besuchen, holte aber als Erwachsener das Lesen und Schreiben an der Gumbaro «Schule für Erwachsene» nach. Die Schulgebühren für unsere beiden Ältesten, Masai und Basanga, zahlte er zwar, aber er ließ keinen Zweifel daran, dass Schulbildung keineswegs für alle Kinder sein müsse.

Mutter konnte zwar nicht lesen und schreiben, aber die Wichtigkeit und Notwendig einer Schulbildung war ihr bewusst. Manchmal war sie sehr traurig, dass sie uns bei den Hausaufgaben nicht helfen konnte. Immer wieder erinnerte sie Masai daran, in der Schule gut aufzupassen und fleißig zu lernen, damit sie ihren Geschwistern in der Zukunft helfen könne. Masai tat das und sie tat noch mehr.

★ ★ ★

Mein Bruder Herode wurde in der Schule so oft bestraft, dass er vor lauter Angst zum Schulschwänzer wurde. Zu Hause machte er sich zwar jeden Morgen brav schulfertig, aber dann versteckte er sich lieber im Gebüsch hinter einem Baobab Baum, nur durch einen Feldweg von unserem Grundstück getrennt. Hörte er die Pausenglocke der nahen Schule, kam er aus seinem Versteck hervor.

Eines Tages lief in diesem Moment sein Freund Omoro mit einer etwa zwei Meter langen hölzernen Schubkarre mit allerlei Gerümpel vorbei. Auf der anderen Wegseite stand Mutter. Sie unterhielt sich mit einer Nachbarin. Pech für meinen Bruder, der aus der falschen Richtung kam, er war ja eigentlich auf dem Hinweg zur Schule.

Weil er Ärger mit Mutter befürchtete, bat er Omoro, ihn in der Holzkarre zu verstecken. Omoro fuhr mit dem von Gerümpel bedeckten Herode an Mutter vorbei und grüßte sie brav. Aber dabei blieb es nicht. Mutter begann ein kurzes Gespräch mit ihm und bemerkte dabei, dass sich in der Holzkarre etwas bewegte. Nun wollte sie wissen, was Omoro außer Gerümpel transportierte und ob sie es sehen dürfe. Sie staunte nicht schlecht, als sie Herode entdeckte und wusste natürlich sofort, dass er die Schule geschwänzt hatte. Zur Strafe gab es ein paar Klapse auf den Hintern und kein Abendessen. Herode hat nie wieder die Schule geschwänzt.

★ ★ ★

Meine Schwester LaWino war nicht gerade eifrig beim Erledigen ihrer Pflichten. Genauer gesagt, sie war ziemlich faul. Zum Beispiel mussten wir uns selbst um die Sauberkeit unserer Schuluniform kümmern. Das war keineswegs so einfach, wie man sich das hier und heute vorstellt. Die Wäsche wurde mit bloßen Händen und oft ohne Seife in einem Eimer gewaschen. Die Schuluniform musste natürlich auch noch gebügelt werden. Masai hatte uns dazu ein Holzkohlebügeleisen gekauft, und wenn man beim Bügeln nicht höllisch aufpasste, fiel ein Stückchen Kohle auf die Kleidung und prompt bekam man einen Brandfleck.

LaWino hatte natürlich keineswegs immer ihre Schuluniform rechtzeitig in Ordnung gebracht – aber Schwester Milo schon. Also stand LaWino, wenn es nötig war, morgens extra früh auf und verließ – fein gestylt und in Milos Schuluniform – als Erste das Haus. Milo musste sich mit einem anderen Schulhemd und einem halbwegs passenden Rock begnügen. Der Lehrerin gefiel das natürlich nicht, gab Milo eine Strafarbeit und schickte sie direkt wieder nach Hause.

LaWino grinste schadenfroh. Das verging ihr aber, wenn sie von der Schule heimkam. Milo ging auf sie los. Von Vater gab es ebenfalls eine Strafe obendrein.

# 5

Nach ihrem High-School-Abschluss arbeitete Masai in einem Hotel in der Nähe als Rezeptionistin. Dort lernte sie eines Tages ihren späteren Mann kennen. Er war als Tourist aus Deutschland nach Mnarani gekommen und Gast im Mnarani Club. Michael war ein paar Jahre älter als Masai und hat sich wohl ziemlich schnell in sie verliebt. Er hätte sie am liebsten gleich mit nach Deutschland genommen.

★ ★ ★

Vater und Mutter hatten Wind von Masais Verehrer bekommen. Sie stellten Masai zwar zur Rede, aber gleichzeitig freuten sie sich, dass endlich jemand ein Auge auf ihre Tochter geworfen hatte. Sie hofften, dass sie eines Tages dem neuen Mann in Masais Leben begegnen würden. Sie zweifelten keine Sekunde daran, dass er ein guter Mann war, weil sie wussten, dass ihre Tochter verantwortungsbewusst war. Vater war trotz seiner schwierigen Persönlichkeit stolz auf sie, auch wenn er sich das nicht anmerken ließ.

«Sie würde doch niemals mit einem Mann zusammen sein, der ihr nicht gefällt und guttut, oder Petro? », sagte Mutter zu Vater. Niemand aus der Familie hatte sich bis zu diesem Tag Gedanken darüber gemacht, dass Michael ein Weißer sein könnte. Somit waren wir alle total überrascht, als wir Besuch von Michael, einem 1,85 m großen, schlanken und sehr gepflegten weißen Mann bekamen. Das Gerücht vom Besuch des weißen Mannes «Mzungu» verbreitete sich wie ein Lauffeuer im Dorf und urplötzlich stürmten unsere neugierigen Nachbarn samt Kindern auf unser Grundstück. Sie wollten mit eigenen Augen sehen, ob wir tatsächlich Besuch von einem Exoten bekamen.

«Habari, mein Name ist Michael, ich bin aus Deutschland und ich bin hier, um meine zukünftige Familie kennenzulernen», sagte der lächelnde Mzungu auf Englisch mit einer bestimmenden, aber freundlichen rauen Stimme. Er streckte seine Hand zu meinen Eltern aus.

«Sie müssen Petro und Atieno sein, stimmt das?»

«Wie bitte, zukünftige Familie kennenlernen?!» wunderte sich Mutter

«Masai, wer ist dieser Mzungu und was sagt er?», wollte Vater wissen.

«Vater, das ist der Mann, von dem ihr bereits gehört habt. Er ist ein Freund», antwortete Masai vorsichtig.

Vater war erstaunt und sagte: «Aber er ist weiß, wie soll er mit unserer Kultur klarkommen?!»

«Ja, Vater, das weiß ich» erwiderte Masai und blieb still. Für uns Kinder war dies eine spannende Situation und wir hatten richtig Spaß, dabei zu sein. Vater überlegte noch ein Weilchen und reichte schließlich Michael seine Hand und hieß ihn in unserem Haus willkommen. Wir Kinder wurden dann natürlich weggeschickt. Wir durften ja nicht mitbekommen, was die Erwachsenen zu besprechen hatten.

★ ★ ★

Immer wieder kam der Verehrer meiner Schwester nach Mnarani, um in ihrer Nähe zu sein. Er war einfach fasziniert von ihrer Schönheit, die von innen nach außen blühte. Er liebte ihr Lachen, ihren Charakter, ihre unwiderstehlich schönen Grübchen, ihre zarte schwarze Haut. Einfach alles an ihr liebte er. Michael brachte Masai in Verlegenheit. Sie war sich nicht sicher, ob sie sich auf ihn einlassen sollte.

«Wir sind doch so verschieden und er kennt doch noch nicht mal unsere Kultur, genauso wenig wie ich die seine kenne. Wo soll das Ganze hinführen?», überlegte sie sich. Ein weißer Mann war für uns damals in erster Linie interessant und sehr fremd zugleich. Ich kann mich noch gut erinnern, dass er mir wie ein Außerirdischer vorkam, als er uns zum ersten Mal besuchte. Ich habe mich immer gewundert und dachte, dass jede Berührung seiner hellen Haut ihm doch wehtun müsse! Wenn wir Kinder gesehen haben, dass er barfuß gelaufen ist, standen wir mit offenen Mündern da. Alle Kinder, die in der Nähe waren, umzingelten ihn und manche waren sogar so mutig und wagten es, ihn anzufassen. Als wir bemerkten, dass es ihm überhaupt nicht wehtat, kamen wir aus dem Staunen gar nicht mehr heraus.

★ ★ ★

Bald schon gehörte Michael zu unserer Familie. An seine weiße Haut hatten wir uns schnell gewöhnt. Er war zu hundert Prozent einer von uns geworden. Während der Erntezeit reiste er extra von Deutschland nach Kenia, um uns zu helfen. Mit einem Pickup fuhr er uns nach Mavueni und half beim Transportieren von Mais und Getreide. Sogar in unsere offene Küche traute er sich und kochte uns leckere Gerichte aus Deutschland. Was war denn das für ein Mann?!
Nach unserer Luo-Kultur dürfen Männer nicht in die Küche gehen, geschweige denn, einen Topf anrühren! Dies war allein die Aufgabe der Frauen. Michael erklärte uns, dass es in Deutschland normal sei, dass auch Männer mal an den Herd gehen. Wir ließen uns von seinen Kochkünsten verzaubern. Er war ein perfekter Koch.
Die Beziehung zwischen Masai und Michael entwickelte sich sehr gut. So gut, dass die beiden noch

in Kenia eine Familie gründeten. Sie bekamen einen Sohn, der zunächst in Mnarani aufwuchs. Das erste Enkelkind meiner Eltern! Zu diesem Zeitpunkt führten sie noch eine Fernbeziehung und Michael nutzte jede Gelegenheit, um bei seiner kenianischen Familie zu sein. Uns Kinder machte er am glücklichsten mit den leckeren Haribo-Gummibärchen und den Bonbons von Werthers Echten, die er uns immer aus Deutschland mitbrachte.

Es kam dieser unvergessliche Tag, an dem Masai und Michael uns ihre Zukunftspläne verkündeten: «Wir haben uns entschieden nach Deutschland zu gehen. Wir denken, dass unser Sohn dort eine bessere Zukunft hat», erklärten sie. Michael nahm kurzerhand seine Familie und flog mit ihr nach Deutschland.

Für uns war das natürlich ein sehr trauriger Tag, als wir sie zum Flughafen begleiteten. Viel schlimmer ging es uns aber, als wir sehr lange nichts mehr von Masai hörten. Alles was wir wussten war, dass sie nun mit Michael und dem gemeinsamen Kind in Wiesbaden lebte. Aber was konnten sich schon Kenianer, die in Mnarani Village lebten unter «Wiesbaden» vorstellen?!

Es vergingen Tage, Wochen, Monate, schließlich ein Jahr und ein paar weitere Monate - Masai meldete sich immer noch nicht. Mutter nahm immer mehr ab und wurde von Tag zu Tag depressiver. Sie hielt sich in einem Zustand außerhalb der Wirklichkeit auf, führte Selbstgespräche und war untröstbar. Sie konnte mit ihren Schuldgefühlen schwer umgehen und machte sich Vorwurfe, dass sie Masais Zukunftspläne befürwortet hatte. Ihre geliebte Tochter war einfach weg, wie vom Erdboden verschluckt. Keiner von uns wusste, und wollte sich im Geringsten vorstellen, was Masai und ihrem Sohn zugestoßen sein könnte – im Glauben, dass alle Weißen immer Waffen bei sich trugen. Dieser beunruhigende Gedanke verstärkte die quälende Ungewissheit und brachte Mutter fast um.

★ ★ ★

«Deine Tochter würde gerne mit Dir telefonieren», «Welche Tochter denn? Ich habe mehrere!», sagte Mutter neugierig.
«Masai», antwortete der Gentleman in Restaurantuniform. Langsam sahen wir, wie Mutter auf die Knie ging und sich bei Gott bedankte. Von einer auf die andere Sekunde war sie plötzlich wieder lebendig.
«Petro, Petro, sie lebt noch. Sie lebt noch. Unsere Tochter ist am Leben!», schrie sie meinen Vater an. Sie sprang auf und rannte so schnell wie ihre Beine es ihr erlaubten zum Restaurant.
Im gesamten Dorf gab es damals nur einen einzigen Apparat, von dem einige Dorfbewohner in Ausnahmefällen Anrufe tätigen und annehmen durften. Das Telefon befand sich in einem Restaurant direkt gegenüber dem Malindi-Mombasa-Highway. Masai hatte sich dort gemeldet. Als sie vom

Restaurant zurückkam war Mutter nicht wiederzuerkennen. Sie war glücklich, lebte wieder auf und wir alle waren erleichtert.

## 6

Ich muss blind gewesen sein! Sehenden Auges kann niemand so in sein Unglück rennen! Aber von Anfang an:

1999 absolvierte ich das letzte Highschool-Jahr. Eines Tages kam die Schulsekretärin und rief mich zu einem Anruf aus Deutschland ans Telefon im Sekretariat. Es war meine Schwester Masai! Etwas zögerlich sagte ich:

«Hallo?», und Masai antwortete:

«Hallo, Akoth, wie geht es dir?» Und dann kam's:

«Schön, dass es dir gut geht», sagte Masai, «im November bist du doch mit deiner Highschool fertig, stimmt's?» Ich hauchte «ja», und Masai fuhr fort:

«Kannst du dir vorstellen, uns danach in Deutschland zu besuchen?» Ich war fassungslos.

«Wie bitte?! ICH?! Nach Deutschland!? Ist das ein Witz oder meinst du das ernst? Wie komme ich zu dieser Ehre?»

Masai lachte und sagte: «Wieso ein Witz? Dein Schwager und ich meinen es ganz ernst. Es wäre doch schön, wenn du dir mal ein Bild von Deutschland machen und auch sehen könntest, wie deine große Schwester dort lebt, oder?»

Ich war begeistert: «Ja klar, Schwester, natürlich möchte ich alles wissen, ich bin total neugierig, am liebsten würde ich sofort losfahren!»

Und dann kündigte meine Schwester an:

«Ich werde deine Reisedokumente für einen dreimonatigen Besuch in Deutschland vorbereiten. Und weil du noch ein Passbild für einen neuen Pass brauchst, werde ich demnächst Milo bitten, dich zu besuchen und dir alle nötigen Dokumente mitzubringen. Sie soll dich in der Schule abholen, um das Passbild zu machen. Zuletzt wird sie dich zur Deutschen Botschaft begleiten, um dort mit den Dokumenten das Besuchsvisum zu beantragen».

Ich konnte die Nachricht zunächst kaum glauben. ICH würde bald mit dem Flugzeug fliegen, allein das machte mich schon glücklich. Viele Erinnerungen kamen mir wieder in den Sinn: Wie ich als kleines Mädchen aus dem Haus rannte, wenn ich ein Flugzeug hörte. Die weißen Menschen, die sicherlich darinsaßen, kamen mir wie Außerirdische vor.

Flugzeuge haben schon jeher meine Neugier geweckt, ich wollte allzu gern wissen, wie diese Wunderwerke gebaut werden und funktionieren. Es war ja schwer und dann noch voller Menschen – wie konnte es hoch über unser Haus fliegen? Manchmal bin ich den Sportflugzeugen hinterhergelaufen, die Landebahn war nur sechshundert

Meter von unserem Dorf entfernt. Und nun würde ICH bald auch in eines dieser Wunderwerke einsteigen und das Land der weißen Menschen sehen und erleben. Unvorstellbar!

Den ganzen Tag lief ich mit einem breiten Lächeln durch die Gegend, im Unterricht konnte ich unmöglich noch aufmerksam sein und wer immer mir zuhören wollte, dem erzählte ich von meiner bevorstehenden

Reise nach Deutschland. Alle beneideten mich. Darüber hinaus freute ich mich sehr, dass Milo mich bald in der Schule besuchen würde. Die Besuche meiner Familie waren für mich die tollsten Stunden überhaupt!

Besonders freute ich mich auf das Essen, das sie mir mitbrachten, denn das Tagesmenü unserer Schule war nicht sehr abwechslungsreich: Mais mit Bohnen, Ugali mit Bohnen, Weißkraut mit Kartoffeln, Maisbrei und als «Zugabe» befanden sich meistens noch etliche Maiskäfer und Maden im Essen. Kein Wunder, dass bei diesem lieblos zubereiteten Schulessen auch mein Appetit schwand, denn ich bekam ständig einen Blähbauch davon.

★ ★ ★

Meine Highschool war ein streng katholisches Mädcheninternat. Ein unerlaubtes Verlassen des Schulgeländes war strengstens verboten. Nur wenn es Schulferien gab wurden wir nach Hause geschickt. Wenn unsere Eltern die Internatsgebühren nicht zahlten oder wenn wir Besuch von Familienmitgliedern bekamen, die für das Verlassen des Schulgeländes eine Erlaubnis von der Schuldirektion bekamen, durften wir der Schule den Rücken zukehren. Selbst zur Ferienzeit mussten wir uns regelmäßig in unserer örtlichen Kirche blicken lassen und dort Gemeinschaftsarbeit leisten.

Nach Ende der Schulferien bekamen wir einen Brief vom zuständigen Priester, der die Anwesenheit in der Kirche und die Teilnahme an der Gemeinschaftsarbeit bestätigte. Diesen Brief mussten wir nach den Schulferien im Internat vorzeigen, andernfalls hatten wir mit Strafarbeit zu rechnen.

Jeden Morgen vor dem Frühstück und Unterrichtsbeginn war es Pflicht, um Punkt 6.45 Uhr zum Gottesdienst zu erscheinen. Manchmal gelang es uns, uns unterm Bett oder auf der Toilette zu verstecken, um bloß nicht in die Kirche gehen zu müssen. Wurde man dabei erwischt, musste man den ganzen Tag in der heißen Sonne Feldarbeit leisten.

Um exakt 12 Uhr ertönte die Glocke, alle Studenten mussten aufstehen und das «Vaterunser» wurde gesprochen, ehe es zur Mittagspause ging. Der

Schultag endete laut Stundenplan um 16 Uhr, dann hatten wir zwei Stunden für andere Aktivitäten frei. Für viele war der Donnerstag der schlimmste Schultag. Dieser war der Tag des Rosenkranzgebetes.

Abends vor dem Schlafengehen betrat die Aufseherin den Schlafsaal und überprüfte die Anwesenheitsliste. Danach verschloss sie die zweiflügelige Tür unseres Schlafsaals mit einem großen Vorhängeschloss. Einen Schlüssel nahm sie mit zu ihrer Wohnung im Nebengebäude, den anderen durfte die Schulsprecherin behalten.

Auch Ausreden, wie etwa «ich muss Duschgel oder Zahnpasta kaufen», nutzten nichts. Solchen Ausreden hatte schon der ehemalige Erzbischof von Mombasa, Rev. John Njenga, bestens vorgebeugt und bereits vor langer Zeit für unsere Einkäufe einen Kiosk auf dem Schulgelände bauen und einrichten lassen.

Wenn wir krank wurden, mussten wir zu unserer Aufseherin gehen. Sie hatte in ihrem «Tablettenzimmer» alle möglichen Schmerzmittel. Wurden die Schmerzen schlimmer, begleitete sie uns zuerst zum Dispensarium, erst dann wurden unsere Eltern verständigt. Das Dispensarium war nur eine Straße weiter, direkt gegenüber unserer Schule, und unsere Eltern wurden nur angerufen, wenn unser Zustand kritisch wurde.

Eines Tages litt ich plötzlich unter einer mysteriösen Krankheit. Ich bekam in kurzen Zeitabständen krampfartige Bauchschmerzen, Kopfschmerzen,

Durchfall, Muskel- und Gliederschmerzen, dazu eine tiefe anhaltende Müdigkeit. Mein Appetit war verschwunden und innerhalb von wenigen Wochen nahm ich drastisch ab. Die Schmerzmittel, die mir die Aufseherin gab, schienen diese Krankheit einfach nicht besiegen zu wollen. Es wurde für mich unmöglich, mein Bett zu verlassen, geschweige denn, am Unterricht teilzunehmen.

Mein ganzes Leben spielte sich nur noch im Bett ab, und ich musste jeden Tag schmerzhaft mitansehen, wie andere Studenten zum Unterricht gingen. Nach fast fünf Wochen Leiden ließ mich die Schuldirektorin immer noch nicht nach Hause gehen. Auch meine Eltern wurden nicht verständigt. Ich lebte in ständiger Angst, dass ich bald in dem riesigen Schlafsaal sterben würde und das gleiche Schicksal erleiden müsste, wie andere Studenten in kenianischen Internaten.

Von Tag zu Tag wurden die Schmerzen unerträglicher und ich wog nur noch etwa vierzig Kilo. Mittlerweile konnte ich auch nicht mehr ohne Hilfe alleine aufstehen oder essen. Meine beste Freundin Jenny – Gott segne sie! – war in dieser Zeit meine einzige Stütze. Ich weiß bis heute nicht, was ich ohne sie getan hätte. Sie wusch mich und stützte mich beim Gang zur Toilette. Sie fütterte mich und sorgte dafür, dass ich in sauberer Bettwäsche schlief, und so manche Stunde las sie mir spannende Geschichten vor.

Eines Tages eilte Jenny zum Schlafsaal, wo ich lag, und umarmte mich. Sie sah überglücklich aus. Ich fragte mich, was geschehen war.

«Meine Gebete sind erhört worden. Ich mache dich jetzt sofort fertig. Du gehst heute endlich nach Hause. Deine Schwester ist da».

Ich wollte sie fragen, von welcher Schwester sie sprach, aber ich brachte keinen Ton heraus. Jenny verstand meine Freude und Erleichterung auch ohne Worte, dann sagte sie: «Masai ist da.» Mir liefen die Tränen übers Gesicht und ich hatte noch nicht einmal die Kraft, um sie wegzuwischen. Als sie mich fertig angezogen hatte, schaute Jenny durch das Fenster. «Da kommt sie.» Ich wollte einfach nicht glauben, dass Masai tatsächlich vor mir stand. Sie war gleichzeitig geschockt und außer sich vor Wut, dass die Schuldirektorin meine Familie nicht verständigt hatte. «Wie konnten sie dich nur in solchem Zustand hier liegen lassen!», hörte ich sie fluchen.

Bereits eine Stunde später saßen Masai und ich dem Arzt gegenüber. Er begrüßte uns freundlich und die Untersuchungen begannen. Eine Weile später kam heraus, dass ich Amöbenruhr hatte.

«Wovon kommt das?», fragte Masai.

«Das kommt von verunreinigten Lebensmitteln oder Trinkwasser. Akoth, wir können von großem Glück reden, dass Sie noch am Leben sind, aber Sie sind jetzt in guten Händen. Wir beginnen sofort mit der Therapie».

★ ★ ★

Abgesehen davon, dass die Highschool sehr streng katholisch war, war sie alles andere als das, was man heutzutage eine «normale Schule» nennen würde. Wer hier als Schüler angemeldet war, musste den Unterricht bereits am ersten Schultag mit kurzen Haaren antreten.

Die Länge der Haare betrug genau 2,54 cm und obendrein musste man mit einer sehr aggressiven Schulleiterin rechnen. Außer der Schuluniform und zwei blau karierten Wochenendkleidern waren alle anderen Kleidungsstücke auf dem Schulgelände verboten. Genauer gesagt – die Schule ähnelte stark einem militärischen Ausbildungscamp. Mit Mitteln zur Züchtigung wurden Schulordnung und Disziplin aufrechterhalten.

Wer der Schulleiterin persönlich begegnete – egal, ob im Klassenzimmer oder außerhalb der Unterrichtszeiten –, musste blitzschnell durchchecken, ob die Schuluniform ordnungsgemäß saß, sich stramm hinstellen und hoffen, dass die Schulleiterin wortlos an einem vorbei ging. Blieb sie doch stehen, weil sie etwas von einem wissen wollte, musste man sich seine Antworten sehr genau überlegen, ehe man sie laut sagte. Ihre Anweisungen wurden von uns schnittig mit einem «Yes Madam.» erwidert.

Grausamkeit war bei ihr in den meisten Fällen vorprogrammiert. Eine falsche Antwort und sie schlug einem entweder ohne Vorankündigung mehrere

Male ins Gesicht oder man wurde gezwungen, seine Ohren festzuhalten und musste von einem zum anderen Ende des Schulhofes Froschsprünge machen. Manchmal griff sie unerwartet mit ihren Fingern in unsere Haare und zog sie mitleidslos hoch. Merkte sie, dass sie länger als 2,54 cm waren, schlug sie uns entweder mit einem Stock am ganzen Körper oder sie ließ uns je nach Lust und Laune stundenlang auf dem Schotter knien. Sie war der Inbegriff des Bösen.

Als Schülerin dieser Schule war ich von ihrem Führungsstil traumatisiert und ich bin mir sehr sicher, dass die anderen Schüler genauso empfanden.

Während meiner Ausbildung in Deutschland habe ich gelernt, dass man zum Beispiel bei einem Toilettengang den Klassenraum ohne großes Aufsehen verlässt. Man steht einfach auf, geht leise aus dem Klassenzimmer und kommt wieder zurück, ohne den Unterricht zu stören. In Kenia wäre die Vorgehensweise zu meiner Zeit sofort bestraft worden. Als Schüler musste man während des Unterrichts erst nach vorne zum Lehrer gehen, um nach Erlaubnis zu fragen. Erteilte er einem seine Zustimmung nicht, dann musste man zurück auf seinen Sitzplatz und solange einhalten, bis einen der Gong erlöste und der Unterricht beendet war.

Ich erinnere mich an einen bestimmten Nachmittag an dem wir Biologieunterricht hatten. Mit Erlaubnis meines Biologielehrers ging ich auf die Toilette. Auf dem Weg zum Klassenzimmer traf ich auf der Treppe auf Mrs. Tyrann – die Schulleiterin höchstpersönlich! Ich vermutete, dass sie auf ihrer für gewöhnlich unberechenbaren Patrouillentour war, um ihre sadistische Ader auszuleben. Mir kam dieser Moment so vor, als hätte ich ein Gespenst gesehen. Mein Herz raste schrecklich, als ich sie von Angesicht zu Angesicht sah. Ich habe in jenem Moment so sehr gebetet und gehofft, dass sie mich dieses eine Mal nicht schlägt. Aber wie sich sehr schnell herausstellte, blieben meine Gebete unerhört.

«Where are you coming from?», fragte sie mich auf Englisch. Ich konnte einfach nicht schnell genug reagieren.

«What are you doing outside at this time while all your fellow students are in class?», wiederholte sie ihre Frage. Ich bemühte mich so sehr ihr zu antworten, aber ich war wie gelähmt.

«Answer me!», schrie sie mich an.

Ich zuckte zusammen. Ich fing vor Angst an zu stammeln «i, i, eh, i … ».

So sehr ich ihr gerne geantwortet hätte, kam einfach keine Antwort über meine Lippen. Bevor ich überhaupt wieder klar denken konnte, bekam ich plötzlich eine schallende Ohrfeige ins Gesicht. Der Schlag saß. Mein Kopf drehte sich und mir war schwindelig.

«Hey, you are dead», hörte ich eine Stimme sagen und ich dachte, dass ich in der nächsten Minute tot umfallen würde. Aber dazu kam es doch nicht.

«Run to class!», schrie mich die alte Furie nochmal an.

Das alles passierte sehr schnell. Wie ich die Treppe hoch zum ersten Stock lief und mein Klassenzimmer wiederfand, kann ich mir selbst bis heute nicht erklären. Dennoch kann ich mich noch gut daran erinnern, wie ich still an meinem Schreibtisch saß und mir die Augen aus dem Kopf weinte.

Noch saß ich wie verstummt und verstört im Klassenraum, als meine Klassenkameraden mich umzingelten und wissen wollten, was passiert war.

«Ich habe Mrs. Tyrann getroffen», sagte ich traurig. Allen war bewusst, dass eine solche Begegnung fast immer mit Schmerzen und Erniedrigung endete. Mit leeren Blicken standen sie um mich herum und ich wusste, dass sie mit mir litten.

Alle Schüler hatten große Angst vor Mrs. Tyrann. Sobald man die Gestalt einer korpulenten Frau auf High Heels wahrgenommen hatte, suchte jeder nach einem sicheren Versteck. Mrs. Tyrann trug meistens High Heels, welche sie allerdings nicht unter Kontrolle bekam. Die Fußgelenke nach außen gebogen lief sie, als hätte sie Federn unter den Füßen.

Es passierte, dass manche mutigen Schüler es wagten, aus Spaß ihren Namen zu erwähnen und schnell gerieten andere Schüler in Panik. Aus Reflex und von Angst getrieben, suchte man automatisch seine Umgebung ab und unterschied in diesem Moment nicht zwischen Witz und einer ernsthaften Warnung. Sobald es Anzeichen dafür gab, dass Gefahr in unmittelbarer Nähe war, musste man schnell von der Bildfläche verschwinden.

Würde mir heute Mrs. Tyrann über den Weg laufen, bekäme Sie ohne zu zögern den Zorn aller gepeinigten Schüler, die Demütigung und den Schmerz, den sie erfahren mussten, in Form meiner Hand in ihrem Gesicht zu spüren.

## 7

Endlich hatte ich die Highschool abgeschlossen.
Meine Reisedokumente waren komplett und ich
durfte die lang ersehnte Reise nach Deutschland
antreten. Den Tag der Abreise habe ich noch heute
wie einen Traum in Erinnerung. In der Nacht zuvor habe ich vor Aufregung keine Sekunde geschlafen.

Der Abflug war um drei Uhr nachmittags, ich hatte
im Auftrag von Masai ein Matatu «Taxi» organisiert, so konnte die ganze Familie mit zum Mombasa Airport fahren. Natürlich wollte ich meinen
Flug auf keinen Fall verpassen, und so waren wir
schon fünf Stunden vor dem Abflug am Flughafen.
Bisher hatte ich den Flughafen von Mombasa nur
von außen gesehen, jetzt konnte ich ihn endlich
auch von innen in Augenschein nehmen. Noch
zwei Stunden bis zum Abflug.

Ich verabschiedete mich von Eltern und Geschwistern, um zu großen Abenteuern aufzubrechen.
Nach den Check-in-Formalitäten ging es in die
erste Etage und ich setzte mich zu den Passagieren,
die bereits auf den Abflug warteten. Von Minute
zu Minute schlug mein Puls schneller. Ich

versuchte, mir vorzustellen, wie Deutschland aussieht und wie die Menschen dort wohl sind. Irgendwann fielen mir die Duty-free-Shops auf und ich wollte sie näher betrachten; alles glitzerte und sah einfach nur schön aus. Aber ich traute mich natürlich nicht, ein Geschäft zu betreten oder gar mit einer Verkäuferin zu sprechen. Also setzte ich mich brav wieder hin.

Masai hatte mich sehr gut auf die Reise vorbereitet. Der Flug hatte drei Zwischenstopps, in Nairobi, Doha und Abu Dhabi. Sie hatte mich ermahnt, in den Flughäfen aufmerksam zu sein und auf die Boarding-Ansagen zu achten. Endlich kam die Durchsage, dass unsere Maschine startklar sei und das Boarding beginne.

Worte können kaum ausdrücken, was ich empfand, als ich das Flugzeug betrat. Ich fühlte mich wie in dem Film «Die Götter müssen verrückt sein», anders kann ich es nicht beschreiben. Eine Stewardess muss meine Verwirrung bemerkt haben. Sie sprach mich freundlich an, zeigte mir meinen Sitzplatz am Fenster und half mir beim Anschnallen. Sie lächelte mir zu und ging weiter, bevor ich mich bei ihr bedanken konnte.

Der Flugkapitän hielt seine Begrüßungsrede und eine Stewardess demonstrierte die Sicherheitsmaßnahmen für den Notfall. Als ich dann den Satz hörte: «Für den Fall eines Absturzes halten Sie sich die Maske vor Nase und Mund …», wurde mir ganz flau und ich bekam es mit der Angst zu tun, lächelte aber tapfer.

Innerlich sprach ich ein «Vaterunser» und sagte dem Allmächtigen, dass sein Wille geschehen möge. Ich dachte an meine Familie und meine Freunde, die ich vielleicht nie wiedersehen würde und hoffte innig, dass der liebe Gott uns nicht abstürzen lasse. Ich wünschte mir doch so sehr, das fremde Land der weißen Menschen zu sehen. Das Flugzeug hob ab, es fühlte sich merkwürdig an, und ich traute mich nur mit einem halb geöffneten Auge, nach unten zu schauen.

Als das Flugzeug seine maximale Flughöhe erreicht hatte, fühlte ich mich etwas erleichtert, ich schloss meine Augen und schlief ein. Bereits kurze Zeit später wurde ich vom Geräusch klappernden Geschirrs geweckt und sah, dass die anderen Passagiere bereits beim Essen waren. Als die Stewardess mich fragte, ob ich auch etwas essen möchte, lehnte ich dankend ab, aber das war nicht ehrlich.

Ich wusste einfach nicht, woher die anderen Passagiere, auch mein Sitznachbar, plötzlich den Tisch vor sich hatten und schämte mich zu fragen, weil sie mich dann sicher für ein «Buschbaby» gehalten hätten. Ich hatte zwar ziemlichen Hunger, und mein Magen knurrte, aber ich schloss trotzdem die Augen wieder und tat so, als würde ich schlafen. Dabei ärgerte ich mich, dass ich vor dem Essen eingeschlafen war, denn sonst hätte ich ja gewusst, woher plötzlich die Tische kamen.

★ ★ ★

Nach etwa einer Stunde landeten wir auf dem Jomo Kenyatta International Airport in Nairobi. Alle Fluggäste stiegen aus und ich lief mit ihnen zum Transitbereich, wo man uns mitteilte, dass unser Flugzeug leider einen technischen Defekt habe und wir auf Kosten von Golf Air im Hotel Intercontinental übernachten würden. Welch eine Überraschung und Freude! Noch nie in meinem Leben hatte ich im Hotel übernachtet.

Ein Transferbus brachte uns zum Hotel, an der Rezeption erhielt ich einen Schlüssel und einen Hinweis, wo ich mein Zimmer finden könne, dazu gute Wünsche für einen angenehmen Aufenthalt. Nach längerer Suche fand ich mein Zimmer, schaffte es auch nach einigen Versuchen, die Tür zu öffnen und dann war ich sprachlos. Meine Sachen ließ ich langsam zu Boden sinken, bewegte mich vorsichtig in das Zimmer, mein Mund blieb vor lauter Staunen offenstehen.

Das Telefon, die wunderschönen Rosen auf dem Bett, die weiße Bettwäsche, der Sessel und die traumhaften Gardinen am Fenster. Das Zimmer war so liebevoll und stilvoll eingerichtet, dass ich mich gar nicht getraut habe, mich hinzusetzen.

Irgendwie hatte ich das Gefühl, es stimme was nicht, das Hotelpersonal hatte sich sicher geirrt. Also packte ich meine Sachen wieder zusammen und ging zur Rezeption, um zu fragen, ob das Zimmer wirklich für mich allein sei. Die Dame dort lächelte mich an und versicherte: «Nein, Ma'am, es gibt keinen Fehler, gehen Sie ruhig wieder in Ihr Zimmer, genießen Sie es und vergessen Sie nicht, zum Abendessen runterzukommen.»

Zurück im Zimmer, erinnerte ich mich an unsere Lehmhütte daheim, die ich mit meinen drei jüngeren Geschwistern und zwei Cousinen teilen musste. Dort gab es nur zwei große Kokosmatten und ein paar alte, zusammengenähte Tücher als Bettdecken und Kopfkissen.

Wo war ich hier bloß gelandet? Ich setzte meine Entdeckungsreise im Badezimmer fort und staunte nicht schlecht, als ich direkt unter dem Fenster die Toilette entdeckte, die ich bisher nur bei reichen Kenianern gesehen hatte und die wir «Armen» nie benutzen durften. Vielleicht hatten die Reichen Angst, von uns mit Krankheiten angesteckt zu werden oder sie fürchteten, dass wir sie kaputt machen oder einfach nur, dass wir sie ziemlich sicher falsch benutzen würden. Heute durfte ich auf dieser prächtigen Toilette sitzen.

Zunächst aber kletterte ich auf die Toilette, um durchs Fenster zu schauen, denn ich war neugierig, wie es draußen aussah. Leider rutschte ich plötzlich ab und fiel auf den harten Boden, aber es tat mir kaum weh. Dafür war meine Freude über all das Neue viel zu groß. Als Nächstes ging ich zur Badewanne, drehte den Hahn hin und her und staunte nicht schlecht, als heißes Wasser herausfloss. Ich ließ die Badewanne volllaufen, nahm das Duschgel und ließ mich zu einem wunderbaren

Bad ins warme Wasser gleiten. Es war ein unbeschreiblich herrliches Gefühl und ich dankte Gott dafür, dass er schlaue Menschen auf dieser Erde erschaffen hatte, die all diese wunderbaren Dinge erfunden haben, um mir diese Erfahrung zu ermöglichen.

★ ★ ★

Am Abend machte ich mich für das Essen hübsch und ging ins hoteleigene Terrassenrestaurant. Alles lud zum Wohlfühlen ein. Eine riesige Auswahl an Salaten und kalten Speisen stand auf den Büffets, frische Säfte und Tropenfrüchte – Ananas, Mangos, Papayas – rundeten das Ganze ab.
Ich fand meinen Platz, neben mir saß ein junger Mann, etwa Anfang zwanzig, der auch auf der Durchreise nach Deutschland war und dort seine Mutter besuchen wollte. Er machte auf mich den Eindruck, dass all diese wunderbaren Dinge für ihn nichts Neues waren und so entschloss ich mich, ihn zu beobachten und einfach nachzumachen, was er beim Essen tat. Ich wollte mich schließlich nicht blamieren. Das Essen mit Messer und Gabel stresste mich insgeheim innerlich. Ein bisschen seltsam kam mir vor, dass er vom großen Salat- und Vorspeisenbüffet nur sehr kleine Portionen nahm. Es schien, dass der Junge keinen großen Hunger hatte. Er hingegen sah meine riesige Salatportion verwundert an, sagte aber nichts und ich haute ordentlich rein.

Kurze Zeit später sah ich, wie das Küchenpersonal einen großen Servierwagen mit gegrillten saftigen Steaks und leckeren Nilbarschen und Tilapia, die noch vor Kurzem im Viktoriasee geschwommen waren, zum Büffet brachte. Wir sollten uns jetzt vom Hauptmenü bedienen, forderte mich mein Tischnachbar auf. Hauptmenü? Wie bitte? Was ist das? Von zu Hause kannte ich ja nur Ugali mit Sukuma Wiki oder Ugali mit Mchicha. Ich war bereits von der Vorspeise satt und so log ich wieder, dass ich davon lieber nichts essen wollte. Er holte sich sein Essen und ich musste neidisch zusehen, wie er die Köstlichkeiten genoss.

Insgeheim ärgerte ich mich sehr, dass ich so gierig gewesen war und mich mit Salat vollgestopft hatte. Ich hatte ja keine Ahnung, dass ein Abendessen in einem so feinen Hotel aus einem Fünf-Gänge-Menü besteht und wie so ein Schlemmermenü abläuft.

★ ★ ★

Am nächsten Morgen stiegen wir ins Flugzeug Richtung Abu Dhabi. Als schlaue junge Dame habe ich schnell aus dem vorigen Flug gelernt, konnte mich im Flugzeug der gesamten Situation anpassen, und die Weiterreise verlief ohne Probleme. Auf dem riesigen Frankfurter Flughafen kam ich mir dann
zunächst einmal sehr verloren vor. Alles war voller weißer Menschen! Im Geschichtsunterricht meiner

Highschool hatte ich viel über den deutschen Reichskanzler Otto von Bismarck gelernt und nun war ich tatsächlich in sein Land gereist. Ich lief mit den anderen Fluggästen Richtung Fließband, holte mein Gepäck ab und dann ging es durch die Zollkontrolle zum Ausgang. Ich konnte es kaum noch erwarten, meine Schwester Masai wiederzusehen, und da stand sie schon mit Mann und Sohn und erwartete mich. Wir umarmten uns, dann ging es zum Taxi-Stand.

Mein kleiner Neffe schenkte mir einen Blumenstrauß und ehrlich gesagt, wusste ich nicht so recht, was ich damit anfangen sollte. Ich hatte ja noch nie Blumen als Geschenk bekommen. Aber Masai wusste das. Sie sagte mir auf Luo, dass ich daran riechen, mich bedanken und dabei ein fröhliches Gesicht machen soll. Das Kind sollte ja nicht enttäuscht werden von meiner Reaktion.

Wieder hatte ich etwas dazugelernt. Ich hielt seine kleine Hand und wir alle gingen gemeinsam zum Taxi. Dass es in Deutschland kalt sein kann, wusste ich zwar aus Erzählungen meiner Schwester, aber dass es wirklich so kalt sein würde, hätte ich mir nie träumen lassen. Am Ankunftstag schneite es. Ich wusste, dass es Schnee gibt, sogar auf dem Mount Kenia, aber ich hatte noch nie Schnee gesehen oder gefühlt und jetzt hatte ich ihn direkt vor mir. Ich nahm etwas davon auf die Hand, fühlte, tippte meinen Finger hinein und probierte die weißen Flöckchen.

Auf dem Weg nach Wiesbaden war ich sehr beeindruckt von der A 66, die so glatt und ordentlich gebaut war, dass ich das Gefühl hatte, auf einem Teppich zu fahren. Bisher kannte ich ja nur die kenianischen Autobahnen, voller Schlaglöcher und mit orientierungslos umherlaufenden Ziegen und Kühen. Selbst die Häuser in Deutschland waren in meinen Augen mit so viel Kreativität und Fantasie errichtet, dass ich ganz fasziniert war. Es gibt ein afrikanisches Sprichwort, das besagt: «Wer andere besucht, soll seine Augen öffnen und nicht den Mund.» Ich saß also stillschweigend im Taxi und beobachtete alles, bis wir bei Masai ankamen.

Als ich ihre Wohnung betrat, wurde ich sofort auf das Wohnzimmer rechts von der Eingangstür aufmerksam. Es sah elegant und chic aus mit bequemen, funktionalen modernen Möbeln ausgestattet. An den weißen Wänden hingen afrikanische Landschaftsbilder und ein geperlter Holzknüppel «Rungu» der Maasai.

Auch einige afrikanische Kunstfiguren hatten ihren perfekten Platz auf Regalen der Schrankwand aus Massivholz rechts im Zimmer gefunden. Auch einige unserer Familienbilder entdeckte ich dort. Zwei niedliche Blumenvasen mit frisch duftenden Rosen standen auf dem Couch- und Esszimmertisch.

Ich muss zugeben, ich war sehr angetan, wie geschmackvoll Masai und ihre Familie ihr Reich eingerichtet hatten. Alles im Zimmer hatten sie perfekt und ordentlich platziert. Für mich war dies ein

Zeichen, dass sie glücklich lebten und ich freute mich für sie.

★ ★ ★

«So, meine Liebe, willkommen bei uns zu Hause. Ich zeige dir gleich dein Zimmer, danach das Badezimmer. Das Abendessen bereite ich vor, während du dich frisch machst und dann erzählen wir ein wenig miteinander, ehe du ins Bett gehst. Du musst ja bestimmt sehr müde sein», sagte Masai zu mir. Sie begleitete mich in «mein» Zimmer.

«Dein Neffe hat mir geholfen, dieses Zimmer für dich einzurichten, ich hoffe, es gefällt dir», fügte sie noch hinzu.

«Und wie es mir gefällt!» Ich drehte mich zu meinem Neffen um, umarmte ihn, gab ihm einen dicken Kuss auf die Stirn und bedankte mich. Er war einfach ein süßer, richtiger Gentleman.

In meinem Zimmer befanden sich ein moderner Garderobenschrank mit Spiegel, ein frisch bezogenes Bett und zwei Zimmerpflanzen. Vor dem leeren Schrank hing ein weißer Bademantel, darunter lagen ein paar Badeschläppchen. An das große Schlafzimmerfenster waren drei grüne schimmernde Jalousien angebracht. Ich zog mich um und ging ins Badezimmer. Es ähnelte sehr dem Badezimmer im Hotel Continental in Nairobi. Ich hängte meinen Bademantel an den Handtuchhalter und ließ das warme frische Wasser über meinen Körper rinnen.

Zum Abendessen bereitete uns Masai, gemeinsam mit ihrem Mann, Jägerschnitzel mit Kartoffeln und Pfefferrahmsoße zu, dazu gab es Rucolasalat, Wein, Wasser und Saft. Alles schmeckte mir sehr. Solch ein Gericht war für mich eine absolute Überraschung und Gaumenfreude pur. Mike erklärte mir, dass es typisch deutsches Essen sei und er mir bald noch mehr von der deutschen Esskultur beibringen werde. Darauf freute ich mich sehr.

★ ★ ★

Nach einer Weile Plauderei mit meinen Liebsten wünschte ich ihnen gute Nacht und ging in mein Zimmer. Ich schlüpfte in mein Nachthemd und sprach wie gewohnt mein Abendgebet. Dann lag ich mit geschlossenen Augen auf dem Bett, aber ich konnte nicht schlafen.

Ich musste an Jerome denken, meine Jugendliebe, den ersten Mann in meinem Leben. Wir kannten uns schon seit der ersten Klasse, aber erst, als ich siebzehn Jahre alt war, wurden wir ein Liebespaar. Er verdrehte mir regelrecht den Kopf und ich hatte das Vergnügen, ihm zu erlauben, meinen Geist, Körper und meine Seele zu beeinflussen. Er war ein Jahr älter als ich. Unsere Beziehung hielten wir aus Angst vor Vorurteilen vor unseren Familien geheim.

In der kenianischen Gesellschaft war es ungewöhnlich, dass unverheiratete Paare, insbesondere Teenager, ihre Liebe öffentlich zeigten oder sich alleine trafen. Das Thema Sexualität war Tabu und wir wurden eher prüde erzogen. Wenn man mit einem Jungen erwischt wurde, wurde man im Dorf zum Thema des Tages oder sogar der Woche. Für die Eltern würde dies ein Skandal, eine Schande bedeuten. Sie müssten dann mit den Vorwürfen leben, ihrem Kind kein gutes Benehmen beigebracht zu haben.

Die Vertrautheit, die Jerome und mich verband, gab mir immer Sicherheit. In seiner Gegenwart fühlte ich mich geborgen. Wie gern hätte ich ihn leidenschaftlich geküsst, seine unglaublich zärtlichen Hände auf meinem Körper gespürt. Wir harmonierten perfekt miteinander.

Alle diese aufregenden Dinge der Liebe, die ich mit ihm teilte, fehlten mir jetzt total. Und nun, im fernen Wiesbaden, tausende Meilen von ihm entfernt, fragte ich mich, was mein Liebster gerade macht, ob er mich überhaupt vermisst und auch an mich denkt.

Ich war mir meiner Gefühle bemerkenswert sicher, obwohl es für die nächsten neunzig Tage mit der Kommunikation kompliziert werden würde. Wie sollte ich meiner Schwester erklären, dass ein besonderer Junge mein Herz erobert hatte, der mir furchtbar fehlte. Oder sie nach einer Möglichkeit fragen, ihn zu kontaktieren? Wie gerne hätte ich ihm in diesem Moment ins Ohr geflüstert, dass ich Sehnsucht nach ihm habe und dass ich ihn abgöttisch liebe.

★ ★ ★

«Guten Morgen, na, wie hast du geschlafen?», begrüßte mich Mike.

«Wie ein Stein und du?»

«Sehr gut», antwortete er.

«Ihr habt ja eine kuschelige Decke hier», sagte ich zufrieden zu ihm.

«Ja, die haben wir extra für dich besorgt, weil wir wissen, was du für eine Frostbeule bist. Dass du gut geschlafen hast, können wir im Übrigen absolut nachvollziehen, du hast nämlich geschnarcht», scherzte er.

«Nein, ich? Niemals!» Wir lachten und gingen zum Frühstückstisch.

«Na, Schwesterherz, alles gut bei dir? Schön, dass wir seit einer Ewigkeit endlich wieder zusammen frühstücken können», sagte Masai, während sie mir eine Tasse Tee einschenkte. Sie servierte uns das liebevoll zubereitete Frühstück, die Pains au Chocolat, die es dazu gab, waren einfach köstlich.

«Erzähl mal, wie geht es unserer Familie in Kenia und wie war eigentlich deine Reise?» Ich berichtete von unserer Familie und richtete ihnen die vielen Grüße aus. Als ich von meinen Missgeschicken im Flugzeug und im Hotel erzählte, konnten sie sich das Lachen kaum verkneifen.

«Tja, Liebes, so ist nun mal das Leben. Manchmal gibt es Situationen, die muss man erlebt haben, damit man schlauer wird.

Jedenfalls freue ich mich, dass du heil bei uns angekommen bist», bemerkte Masai.

«Ja, das kannst du laut sagen. Ich freue mich auch, endlich hier zu sein. Ich kanns kaum abwarten, morgen eure Stadt zu sehen», erwiderte ich.

★ ★ ★

Am nächsten Morgen stiegen wir in Wiesbaden-Sonnenberg in den Bus und fuhren in die Innenstadt. Die Menschen im Bus wirkten auf mich irgendwie unfreundlich und distanziert. Das verwirrte mich ein wenig und ich fragte mich, ob es wohl an dem eiskalten Wetter liegt oder aber daran, dass die Sonne nicht scheint. «Vielleicht sind die Menschen in diesem Land ja von Natur aus so», sagte ich mir. Als der Bus an der nächsten Haltestelle anhielt, schaute ich Masai fragend an. Sie verstand die Frage in meinen Augen und erklärte mir: «Siehst du die roten Knöpfe da drüben?»

«Ja», sagte ich leise. «Die muss man drücken, wenn man seine Wunschstation erreicht hat. Der Busfahrer bekommt dann ein Signal und lässt den Fahrgast an der entsprechenden Haltestelle raus.» Sofort musste ich an zu Hause denken. Dort muss man den Busfahrer anschreien «Weka, weka hapo dereva.» oder im Bus laut klopfen, damit er anhält. Haltestellen und Fahrpläne gibt es nur für Reisebusse.

Wenn man einfach nur mit einem Bus von A nach B fahren will, stellt man sich an die Straße und wartet, bis ein Bus kommt. Er wird langsamer und die Busfahrer geben einem mit einem Aufruf wie «Twende, twende Mombasa.» zu verstehen, wohin die Reise geht. Lautstark machen sie auf sich aufmerksam, um den Bus voll zu bekommen und sobald man ihnen ein Zeichen gibt, bleiben sie stehen und man steigt ein. Diese Gedanken kamen mir laut über die Lippen und wir lachten über diese Erinnerungen.

«Ja, hier hat alles seine Ordnung, Liebes», sagte Masai. Wir erreichten die Wilhelmstraße.

«Siehst du die Straße hier? Das ist eine der schönsten und meiner Meinung nach sogar die teuerste Straße Hessens, sozusagen der Boulevard der Stadt Wiesbaden», erklärte mir Masai voller Begeisterung. «Auf dieser Straße sind die teuersten Boutiquen und Hotels, in denen Prominente und Politiker ein- und ausgehen. Zu jeder Jahreszeit finden hier Veranstaltungen statt, zum Beispiel Fastnacht oder im Sommer das Wilhelmstraßenfest, von dem ich schon immer geschwärmt habe.

Im Park-Café auf der anderen Straßenseite kann man die Hüfte schwingen, dort gibt es die besten DJs, die wissen, wie man die Gäste anheizt und in Partylaune bringt. Was mich am meisten beeindruckte, ist das Zusammentreffen von Menschen unterschiedlichster Nationen und Kulturen und, dass man überall auf der Straße essen kann. Bei solchen Veranstaltungen sind hier viele Menschen unterwegs, sind glücklich, trinken, tanzen, essen und machen sich frei vom Alltag», erzählte sie weiter.

«Dann ist Deutschland ja doch auch auf seine Art und Weise facettenreich, wenn man es so betrachten will, oder?», fragte ich neugierig.

«Ganz genau», antwortete Masai.

Der Tag war sehr lang, aber auch sehr schön. So viel Sehenswertes hatte ich in Wiesbaden bereits entdeckt. Am Marktplatz auf dem «Dern'schen Gelände» stand eine alte Marktsäule mit einem Marktbrunnen. Unter dem Marktplatz war eine Tiefgarage mit einem historischen Weinkeller, eine besondere Attraktion. Die architektonischen Schätze der Stadt, das Hessische Staatstheater, der Landtag und das Rathaus, waren einzigartig. In meinen Augen ergebnisorientiert und mit Präzision realisiert.

Wie recht Masai hatte! Alles hatte hier tatsächlich seine Ordnung. Auch die Art, wie die Menschen Auto fahren: Sie hielten brav vor dem Zebrastreifen für die Fußgänger und achteten genau auf die Ampel. Wenn sich doch nur meine kenianischen Mitbürger an der deutschen Fahrweise orientieren würden, dann würde es nicht so viele sinnlose Verkehrsunfälle – manchmal mit schlimmsten Folgen – geben. Während ich das noch dachte, wusste ich bereits, dies würde vermutlich immer mein Wunschdenken bleiben.

In der Burgstraße, Ecke «An den Quellen», gab es dann auch noch diese gigantische und entzückende Kuckucksuhr, die mich total umgehauen hat. So etwas hatte ich noch nie zuvor gesehen. Heute noch kann ich mich erinnern, wie ich mich

davorstellte, um sie am liebsten stundenlang zu be-
wundern.

Wir tourten auch durch die vielen kleinen Gassen,
die in die unterschiedlichsten Richtungen führten.
Manche trafen sich sogar auf einem kleinen Platz,
und jedes dieser Sträßchen hatte einen eigenen Namen. Bisher kannte ich nur die «Mombasa-Ma-
lindi-Road» und die «Moi Avenue Road» in Kenia.
Die eine Straße verlief von Osten nach Westen, auf
der auch ab und zu herrenlose Ziegen oder Schafe
herumvagabundierten.

In meiner Heimat gab es solche kleinen Gassen
nicht, umso erstaunter war ich, als ich sie in Wiesbaden erlebte.

## 8

Viele Tage vergingen und ich hatte mich bereits nach kurzer Zeit an Wiesbaden und die Umgebung gewöhnt. Kein Zweifel, dass es noch mehr in dieser Stadt zu entdecken gab, und so traute ich mich auch immer öfter allein in die Stadt, um zu bummeln – ohne dabei die Orientierung zu verlieren – , während meine Schwester arbeiten war. Für mich ganz unerwartet kam eines Abends plötzlich dieses Gespräch auf. Ich war noch gar nicht lange zu Besuch, als Masai mir völlig überraschend mitteilte, dass sie mich nicht mehr finanziell unterstützen könne und das Geld für mein College nicht habe.

«Du weißt», begann sie mit entschiedener Stimme, «ich fühle mich zwar verpflichtet, für dich und unsere anderen Geschwister das Schulgeld zu zahlen, aber dein Schwager ist schwer krank geworden und wir wissen nicht, wie lange er noch zu leben hat. Du bist jetzt fertig mit der Schule, ab jetzt kann ich leider nichts mehr für deine Zukunft tun. Ich muss mich um Mike kümmern und auch um deinen kleinen Neffen. Außerdem muss ich schauen, wie es um unsere Schwester Kelna mit der Highschool steht.» Ich hörte regungslos zu, dann beendete sie das Gespräch mit dem Satz: «Bitte versuche mich zu verstehen., Ich weiß selbst nicht, wo mir der Kopf steht, aber eins weiß ich: Es tut mir aufrichtig leid.» Sie stand auf und ging in ihr Schlafzimmer. Vermutlich um zu weinen. Hatte ich sie richtig verstanden? Ich war so verzweifelt, dass ich nicht mehr wusste, ob ich lachen oder weinen sollte. Nur noch eines wusste ich in diesem Moment – meine Zukunft war ruiniert, denn ohne Collegeabschluss würde ich es in Kenia zweifelsohne schwer haben im Leben. Masai war mein Halt gewesen, meine Säule, an der ich mich festhielt. Jetzt hatte sie mir ohne jegliche Vorwarnung den Boden unter den Füßen weggerissen.

Ich sah mich in ein tiefes, schwarzes Loch fallen. Ich ging in mein Zimmer, ließ mich auf das Bett sinken, drückte mein Gesicht ins Kopfkissen und weinte bitterlich. Mein Kopf war voller Gedanken. Im Bett drehte ich mich hin und her und bekam in jener Nacht kein Auge zu. Verzweifelt suchte ich die Antwort auf die eine Frage, die mich nicht ruhen ließ: Wie soll es weitergehen? Was tue ich hier? Haben sie mich nach Deutschland geholt, nur um mir zu sagen, dass sie sich nicht mehr um mich kümmern können? Ich wusste zwar nicht, was ich genau denken sollte, aber wenn es wirklich so war, dann war das ganz schön gemein von Masai. Ich fühlte mich schrecklich alleingelassen.

Fragen über Fragen gingen mir durch den Kopf und ich suchte verzweifelt nach einer Lösung. Wie sollte mein Leben nun weitergehen? Ich war zutiefst traurig.

Der Traum vom College war nun erst einmal geplatzt. Na gut, ich fliege zurück nach Hause und schaue, wie ich meine Zukunft gestalten kann. Außerdem habe ich ja noch meinen Jerome, mir wird schon nichts fehlen.

Wie aus dem Nichts kam die Idee meines geliebten Schwagers:

«Akoth, es gibt noch eine Möglichkeit, etwas für deine Zukunft zu tun».

«Die wäre?», fragte ich interessiert.

«Warum heiratest du nicht einen deutschen Mann?», fragte er und erzählte, was ich für ein tolles Leben in Deutschland haben könnte. Während des Gesprächs sagte mir mein Instinkt schon, dass Mike die Idee wohl schon lange vor meiner Reise nach Deutschland hatte. Ich muss ihn wohl ziemlich dumm angeschaut haben. Seine Idee konnte ich mir nämlich in meinen tiefsten Träumen überhaupt nicht vorstellen. Schließlich war ich erst neunzehn Jahre alt und hatte noch das ganze Leben vor mir. Was soll ich denn hier? Ich kenne mich doch hier nicht aus und kann noch nicht mal die Sprache der Deutschen sprechen.

★ ★ ★

Kurz nach diesem Gespräch bekamen wir an einem
späten Nachmittag Besuch von Masais Freundin.
Sie war eine Westafrikanerin. Von unserem Gespräch musste sie bereits gewusst haben. Die Art,
wie sie mir diese unangenehmen Fragen stellte,
machte mir klar, dass sie von irgendwem zu mir
geschickt worden war. Vermutlich, um mich zu
überzeugen, dass eine Heirat in Deutschland der
einzige Ausweg und die Lösung meiner Probleme
sei. Es ging nämlich los mit: «Wie geht's dir so?
Wie gefällt es dir hier in Deutschland? Hast du dir
schon mal vorgestellt, wie deine Zukunft hier aussehen könnte, wenn du auch hier leben würdest?
Wenn du nach Afrika zurückgehst, wird es für dich
sehr schwer sein, eine vernünftige Zukunft aufzubauen». Was mir bei dem Gespräch erzählt wurde,
klang so, als wollte man mir eine Gehirnwäsche
verpassen.
Ich sollte glauben, dass Kenia mir nicht guttun
würde, wenn ich zurückkehre. Die einzige Ret-
tung für meine Situation sollte nur die Heirat sein.
Die Konfrontation mit dieser Thematik ging weiter bis zum späten Abend.
«Wir geben morgen eine Annonce in der Zeitung
auf. So wirst du schnell jemanden kennenlernen»,
hieß es wenige Tage später.
Ich bekam einen Kloß im Hals, ging in mein Zimmer und weinte. Was sie in der Zeitung geschrieben haben, entzog sich meiner Kenntnisse, denn

ich konnte ja noch kein Wort Deutsch. Jedenfalls kamen bald schon die ersten Antworten. Nach Aussortierung der «Liebesbriefe» hatten sie den potenziellen Heiratskandidaten für mich.

«Schau mal, wir haben jemanden gefunden, er ist fünfunddreißig, hat folgendes gelernt und ist sehr sportlich». Es kamen noch einige andere Vorschläge. Alleine die Vorstellung, dass ich mit jemandem zusammen sein sollte, der sechszehn Jahre älter war als ich, ließ meine Welt zusammenbrechen. Wie soll das mit der Liebe überhaupt klappen?

«Ach, Akoth, weißt du, einen Mann, der mit zwanzig oder fünfundzwanzig heiraten will, gibt es gar nicht hier in Deutschland. Und mach dir keine Sorge wegen der Liebe, sie kommt ja sowieso irgendwann von alleine, wenn ihr dann zusammenlebt».

Kurz und gut. Ich wusste, dass ich noch nicht heiraten wollte und schon gar nicht jemanden, denn ich nicht liebte. Außerdem, was und wie soll ich Jerome so etwas Unfassbares sagen? Meine Traurigkeit mussten sie bemerkt haben, aber trotzdem ließen sie nicht locker.

«Akoth, du weißt, wir können dir jetzt nicht mehr helfen, du musst schauen, wie du mit deinem Leben weitermachst, überlege dir das noch mal gut. Es geht ja schließlich um deine Zukunft. Wir werden Hans schon sehr bald zum Kennenlerngespräch einladen».

Der Besuchstermin wurde ausgemacht und schon bald wurde mir dieser fünfunddreißig Jahre alte Anwärter präsentiert. Es kam ein sportlicher «Karnevalsprinz». Er versuchte verzweifelt humorvoll zu sein. Davon war ich definitiv nicht begeistert. Schon bei der ersten Begegnung war ich mir ziemlich sicher, dass er in seinem Brief «an die Schwarze Perle» gelogen hatte. Letztendlich wusste ich mit meinen zarten neunzehn Jahren, wie man mit fünfunddreißig ungefähr aussieht – na gut, er bestand darauf, fünfunddreißig zu sein. Es konnte ihm nicht schnell genug gehen, am liebsten hätte er seine schwarze Perle sofort geheiratet. Aber wer heiratet denn schon nach der ersten Begegnung? Alles an diesem Mann fühlte sich falsch an. Ich wollte nur noch nach Hause.

★ ★ ★

Mein dreimonatiger Besuch in Deutschland war endlich zu Ende und ich war froh, wieder zu Hause zu sein. Alles war anders als vorher. Die Leute aus meinem Dorf sahen mich mit ganz anderen Augen an. Ich bekam einen anderen Status. In mir sahen sie die nun reich gewordene junge Dame, die vor ihrer Abreise «ein Ticket zum Himmel erhalten hatte». Ab diesem Zeitpunkt konnte ich keine Hilfe jeglicher Art erwarten, denn viele glaubten, ich hätte aus Deutschland Taschen voller Geld mitgebracht. Sie kamen zu mir, wenn sie finanzielle Hilfe benötigten. Ich erfüllte ihre Wünsche nicht und wurde deshalb als Egoistin betrachtet. Ich verlor viele Freunde. Mein Wiedersehen mit Jerome stand noch bevor. Kann ich es wagen, ihm diese Horrorgeschichte zu erzählen? Mir war klar, dass ein Geständnis die erste Schwierigkeit für unsere große Liebe sein würde. Ich beschloss deshalb, die Geschichte für mich zu behalten und wollte versuchen, alles, was in Wiesbaden passiert war, schnell zu vergessen. Nach einigen Tagen war mein kleines Taschengeld fast aufgebraucht, und ich konnte meine Familie nicht mehr lange unterstützen.

Für Jerome war ich wieder die glückliche, sorgenlose Freundin, aber ich wusste, dass ich hier keine Lebensperspektive mehr haben würde. Was wäre, wenn ich von ihm schwanger würde? Wie und wovon sollten wir unsere Kinder ernähren? Wir waren ja beide noch sehr jung und hatten gerade die Highschool beendet. Ich flüchtete oft zum Strand, ich wollte allein sein.

In unserem Dorf erlebte ich, wie immer mehr junge Menschen in die Drogen- und Prostituiertenszene abrutschen und sich nach und nach mit HIV infizierten. Sogar Universitätsabgänger mit Hochschulabschluss landeten auf der Straße, verkauften gegrillten Mais und gegrilltes Fleisch «nyama choma» oder Erdnüsse. Ob sie jemals eine ihrer Ausbildung entsprechende Beschäftigung finden werden, steht in den Sternen. Um in Kenia einen Job zu bekommen, muss man Beziehungen haben.

Manchmal kann man eine bestimmte Stelle nur erhalten, wenn man auf unmoralische Angebote der Chefs eingeht. Die Vorstellung, dass ich bald auch so enden könnte, war beängstigend. Ich hing meistens zu Hause herum und hatte das Gefühl, mein Leben sei sinnlos. Ich hatte einfach keine Kraft mehr, irgendwas zu tun und meine einst häufigen Dates mit Jerome wurden immer seltener.

Eines Tages erhielt ich einen Brief von Hans aus Deutschland: «Meine liebste schwarze Perle. Ich muss viel an dich denken. Ich musste feststellen, dass ich mich wahnsinnig in dich verliebt habe, bitte gib uns eine Chance. Komm wieder zurück nach Deutschland. Deine Zukunft ist hier, mit mir. Ich wäre sehr glücklich, wenn du meine Gefühle erwidern würdest»

Dieser Brief machte mich nur noch wütender. Ich packte ihn schnell weg und versuchte zu vergessen, dass ich ihn jemals gelesen hatte. Doch Hans blieb hartnäckig, bis ich schließlich nachgegeben habe. Zu groß war meine Sorge um eine ungewisse Zukunft in Kenia. So kam es, dass ich – trotz anfänglicher Zweifel – mein Glück in Deutschland suchte.

Ich ging zu unserem Lieblingsort The Mnarani Ruins und wartete ungeduldig auf Jerome. Ich hatte mir fest vorgenommen: «Heute werde ich ihm die Wahrheit sagen. Ich werde ihm mitteilen, dass ich nach Deutschland gehe». Als er endlich kam, wünschte ich mir, vom Erdboden verschluckt zu werden. Mein Herz raste, ich war nervös und meine Hände schwitzten. Er umarmte mich lange, das beruhigte mich etwas. Dann hielt er meinen Kopf zwischen seinen Händen und wir küssten uns innig. Für einen Moment saßen wir schweigend auf dem Rasen eng nebeneinander. Wir genossen die gegenseitige Nähe in der angenehm warmen Abendsonne und lauschten dem Vogelgezwitscher aus den Mangroven.

«Du hast mir sehr gefehlt, ich liebe dich», brach er die Stille.

«Ich dich auch», sagte ich lächelnd und ließ mich in seinen Armen nieder. Mir gingen viele Dinge durch den Kopf: «Akoth, schau mal, wie beschützend und liebevoll er ist, du wirst doch nicht diesen schönen Moment mit ihm kaputt machen wollen? Wenn du ihm jetzt von dieser merkwürdigen Idee erzählst, wirst du ihm das Herz brechen und ihn womöglich für immer verlieren. Er würde dir niemals verzeihen, lass es doch lieber …», warnte mich meine innere Stimme. Jerome war ein Charmeur und gleichzeitig ein romantischer Bad Boy. Mit seinen fantasievollen Geschichten brachte er mich ständig zum Lachen. Ich war verrückt nach ihm. Schlagartig unterdrückte ich das schlimme Vorhaben und genoss lieber den Augenblick.

Die Realität holte mich blitzartig ein, nachdem ich zu Hause angekommen war. Es hatte keinen Sinn, mit meiner Familie über meinen Kummer zu reden, sie würden ihn nicht verstehen. Also blieb ich ruhig und in mich zurückgezogen. Ich vermisste meinen Jerome schon jetzt und es tat weh, zu wissen, dass ich mit ihm Schluss machen müsste.

Bald darauf standen wir eines Abends mitten auf der Straße nach Dhows Inn.

«Jerome, ich muss dir was sagen», begann ich zögernd.

«Was ist los? Was hast du?», fragte er. Ich konnte ihm nicht in die Augen schauen. «Ich werde bald wieder nach Deutschland gehen, ich habe da jemanden kennengelernt.»

«Was hast du da gerade gesagt? Das war ein Witz, stimmt's?»

Ich schämte mich so sehr, am liebsten wäre ich auf der Stelle weggerannt. Meine eigenen Worte waren so bösartig, dass ich sie nicht wiederholen wollte und konnte.

«Liebst du mich denn nicht mehr?»

«Nein», log ich. Plötzlich bekam Jerome unerträgliche Schmerzen. Ich stand wie gelähmt da. O Gott! Was habe ich getan? Lieber Gott, bitte stehe ihm bei.

«Akoth, verlass mich bitte nicht! Tue es nicht! Was auch immer ich dir getan habe, bitte verzeih mir», flehte er mich an.

In diesem Augenblick sah ich, wie sein Freund Viktor auf uns zukam. Ich zeigte auf Jerome und lief schweren Herzens davon.

★ ★ ★

Kurz nach meinem zwanzigsten Geburtstag erhielt ich ein befristetes Visum zur Familienzusammenführung in Deutschland.

Dieses Mal reiste ich gleich zu Hans nach Mainz. Die Situation war zwar fremd und seltsam für mich, aber ich war dennoch zuversichtlich, dass alles gut wird, egal was kommen würde. Ich hoffte so sehr Arbeit zu finden, denn ich hatte mir vorgenommen, dass Mutter, solange ich lebe, nicht mehr so hart arbeiten dürfe. Auch Masai wollte ich entlasten und wenn alles gut laufen würde, wollte ich auch das Schulgeld für unsere jüngste Schwester Akimbo bezahlen. Auch musste ich lernen, ohne Jerome zu leben.

Hans war in einer Familie mit zwei Kindern aufgewachsen. Sein Vater war bereits verstorben und seine fast neunzigjährige Mutter lebte in einem Altenheim, als ich nach Mainz kam. Mit seinem acht Jahre älteren Bruder, der im dreistöckigen Elternhaus direkt neben Hans' Haus wohnte, sprach er kaum. Mich wunderte es auch, dass es keine gegenseitigen Besuche gab.

Hans war Elektroingenieur und wog bei einer Größe von 1,75 m stolze hundertzwanzig Kilo. Dem Gewicht entsprechend, hatte er ein rundes Gesicht. Leider stellten sich seine braunblonden Haare später als gefärbt heraus. Hans' sportliche Aktivitäten bestanden aus Tennisspielen und Radfahren. Außerdem kamen bei ihm immer wieder

Charakterzüge einer narzisstischen Person zum Vorschein. Hans redete viel, dabei war es anstrengend, sein gebrochenes Englisch zu verstehen und er machte Dinge, die man von einem normal erwachsenen Mann nicht erwartete. Mit seinem Verhalten versuchte er mich ständig zum Ausrasten zu bringen. Meistens gab er mir das Gefühl, mich permanent auf bestimmte Dinge, wie zum Beispiel auf Vertrauen, zu prüfen.

Den Dreizimmer-Bungalow, in dem er lebte, habe er angeblich in den siebziger Jahren selbst gebaut, wie er mir gleich bei meiner Ankunft erzählte. Diese Tatsache und das Alter seiner Mutter hätten mich schon misstrauisch machen müssen. Wenn sein angegebenes Alter stimmen würde, hätte er in den siebziger Jahren niemals ein Haus bauen können.

Mein Verdacht, dass er keine fünfunddreißig mehr war, erhärtete sich immer mehr. Zumal ich seine Einladungspapiere nach Deutschland nie zu sehen bekam. Er war schlau, denn er hatte die Dokumente direkt per DHL an die Deutsche Botschaft nach Nairobi verschickt. Ich musste nur noch meine Dokumente einreichen.

## 9

Das zirka vierzig Quadratmeter große Wohnzimmer war mit wertvollen Möbeln und Accessoires eingerichtet. Eine Wand war komplett mit kleinen italienischen Marmorsteinen verziert. Das sah edel aus und sorgte für ein stilvolles Ambiente. Auf der rechten Seite waren das riesige Fenster und eine Tür mit direktem Zugang zum Garten und zur Garage. Die vielen Pflanzen auf der Fensterbank passten perfekt zu den grauen Ledermöbeln.

Als ich das riesige Schlafzimmer betrat, kamen mir erste Zweifel. An drei Wänden waren rosa Blumentapeten angebracht. Vor dem riesigen Fenster hing ein hochwertiger transparenter Vorhang. Im weißen Einbauschrank lagen bereits Kleider, die er mir gekauft hatte – ausgesucht nach seinem Geschmack! Sie waren von Burberry, Louis Vuitton und Lacoste.

«Ab heute wird das hier auch dein neues Zuhause sein, gefällt es dir?», fragte er erwartungsvoll.

«Ja, danke». Mehr konnte ich nicht sagen. Ich wagte es nicht, zu fragen, ob in dem Haus schon mal eine Frau gewohnt hatte, denn ich wusste nicht, ob ich eine ehrliche Antwort von ihm bekommen würde.

«Du, ist es okay für dich, wenn ich im Nebenzimmer schlafe? Ich brauche noch etwas Zeit für mich alleine.»

«Warum? Aber wenn du meinst, ist das kein Problem». Ich zog in das kleine Arbeitszimmer, das sehr einem Kinderzimmer ähnelte.

★ ★ ★

Die ersten paar Tage in Mainz waren angenehm. Hans war lieb und verständnisvoll. Für den kommenden Donnerstag hatte er die Feier zu meinem zwanzigsten Geburtstag im Tennisclub organisiert. Auch seine Freunde waren zum Essen eingeladen. Ich «durfte» ein Outfit anziehen, das er für mich ausgesucht hatte: ein Damenhemd und eine schwarze Hallhuber-Hose. Der größte Teil des Hemdes war in Hellgrün mit dem Wort «Burberry» beschriftet, ich fühlte mich wie ein Clown. Gegen Abend gingen wir zum Restaurant und nahmen die für uns reservierten Plätze ein. Die Getränke wurden gerade serviert, da kamen schon seine Freunde mit ihren Frauen. Hans sah glücklich aus, er stand auf und begrüßte sie. Ich tat dasselbe.

«Darf ich vorstellen? Meine zukünftige Ehefrau». Er stellte mir Doktoren, Anwälte und Professoren vor.

Ich schluckte, lächelte und reichte ihnen die Hand.

Diese Art von Vorstellung gefiel mir nicht, denn ich schätzte sie alle zwischen fünfundfünfzig und fünfundsechzig Jahren. Hier fühlte ich mich total fehl am Platz. «Worüber sollte ich mich mit diesen älteren Damen und Herren unterhalten?» wunderte ich mich.

Die deutsche Sprache beherrschte ich noch nicht. Auf meine Versuche mich auf Englisch zu verständigen, bekam ich trotzdem Antworten auf Deutsch. Sie erzählten vom Krieg, ich verstand absolut nichts.

Dann kamen Fragen über Fragen:

«Wie gefällt es dir hier? Kenia muss sehr arm sein». Hans gab sich viel Mühe mit der Übersetzung. Trotzdem wurde mir irgendwann die ganze Situation zu anstrengend und unangenehm. Ich ging zur Toilette und kam nicht mehr zurück zu «meiner» Geburtstagsfeier.

«Was du gemacht hast, war schon sehr peinlich», sagte Hans, als er nach Hause kam. Er war sauer, aber ich entschuldigte mich nicht.

«Überleg es dir das nächste Mal gut, ob du mich zu deinen Freunden mitnimmst. Wie alt bist du eigentlich in Wirklichkeit?» Meine Frage überraschte ihn offensichtlich sehr. Er ging in die Küche und ich folgte ihm.

«Sag schon, wie alt bist du?» Ich merkte, wie unangenehm ihm diese Frage war, aber ich ließ nicht locker. Endlich gestand er, dass er fünfundfünfzig sei.

«Hast du Kinder?»

«Ja»

«Wie viele?»

«Ich hatte Zwillinge, einer ist bei der Geburt gestorben»

«Warst du verheiratet? Und wo lebt jetzt die Mutter mit dem Kind?»

«Sie leben in Mainz»

In meinem Kopf dröhnte es: «Akoth, was tust du dir hier an?» Ich ging ins Kinderzimmer und schloss mich ein.

Am nächsten Tag stand ich in der Küche und machte mir Schwarztee mit Milch. Hans kam hinterher, sagte fröhlich: «Guten Morgen», als wäre gestern nichts passiert. Durch dieses Benehmen fühlte ich mich beleidigt und beschloss, kein Wort mehr zu sagen. Ich blieb tagelang stumm, bis er in der darauffolgenden Woche mit neuen Nachrichten kam.

«So, meine Scheidungspapiere sind jetzt fertig, uns steht nichts mehr im Wege. Wir können jetzt heiraten»

«Das kannst du dir abschminken», antwortete ich, «sag mal, merkst du nicht, dass du dich bei mir entschuldigen müsstest?»

«Warum, soll ich mich entschuldigen? Ich bin mir keiner Schuld bewusst. Alles, was ich getan habe, habe ich für uns getan. Du solltest mir eigentlich dankbar dafür sein, dass du hier bist, du Affe!»

Ich trank meinen Tee und verließ das Haus. Kurze Zeit später rief ich Masai an und erzählte, was vorgefallen war. Sie hörte mir zwar zu, aber eine große Hilfe war sie mir wirklich nicht. Sie war der Meinung, dass ich durchhalten solle. Alles würde wieder gut werden.

Eigentlich sollte ich trotz meiner Situation Masai sehr dankbar sein für die große Last, die sie meinetwegen auf ihren Schultern tragen musste. Ich verstand langsam, dass auch sie ein eigenes Leben hatte und es nicht ihre Aufgabe, sondern die von Vater und Mutter war, für mich zu sorgen. Aber Masai tat alles aus Liebe.

Ich ließ Revue passieren, welche Opfer sie für die ganze Familie brachte und ich musste mir selbst eingestehen, dass keiner mehr als sie meine Bewunderung und meinen aufrichtigen Dank für eine solche Selbstlosigkeit verdient hatte. Plötzlich machte es bei mir «Klick». Von nun an wusste ich, dass es an der Zeit war aufzuwachen, mit dem Jammern, Selbstmitleid aufzuhören und mein Leben selbst in die Hand zu nehmen.

Zwar war ich jetzt schon emotional ausgetrocknet und gedemütigt, aber ich entschloss mich, mit den Konsequenzen zu leben, egal was kommen würde. Ich zweifelte daran, dass ich die bevorstehende Heirat mit diesem Hans überhaupt überstehen würde.

«Na gut», sagte ich mir selbst, «ich habe ein einziges Ziel: Ab heute konzentriere ich mich nur noch darauf, eine gute Bildung zu bekommen und sobald ich das erledigt habe, wird sich alles zusammenfügen, und ich werde aus dieser dämlichen Situation irgendwie herauskommen».

★ ★ ★

«Akoth, denk dran, wir müssen morgen zum Ausländeramt. Dein Visum muss verlängert werden»
«Ja, machen wir» Hans und ich sahen optisch fast wie David und Goliath aus. Jetzt, wo wir bald Eheleute sein würden, bestand er darauf, dass er unbedingt meine Hand halten müsse.
Meistens waren wir die Attraktion auf der Straße und wenn er jemanden erwischte, der mich anstarrte, rastete er total aus. Ich schämte mich und wäre am liebsten im Erdboden verschwunden.
Dazu kam, dass er bei solchen offiziellen Terminen unbedingt einen Anzug anziehen und beim ersten «Hallo» gleich erwähnen musste, dass er «Diplomingenieur» sei.
Im Ausländeramt wurden wir natürlich nicht unbedingt freundlich willkommen geheißen, aber genau solche Momente kamen Hans gerade recht. Er stritt sich gerne mit Behörden. Wenn ihm etwas nicht passte, drohte er gleich mit Beschwerde beim Gericht und bestimmten Beamten dort. Um mir zu zeigen, dass er Macht hatte und um mich einzuschüchtern, prahlte er oft mit seinen Beziehungen zu den Behörden. Auf meine Gefühle nahm er dabei keine Rücksicht. An diesem Tag verstand ich nicht viel von der Diskussion zwischen Hans und

der Sachbearbeiterin im Amt, aber es müsste um eine schwierige Angelegenheit gegangen sein, weil die Behördenleitung dazu gerufen werden musste. Schließlich bekam ich mein verlängertes Visum mit dem Vermerk «Nur zur Eheschließung mit Herrn Bösemann». Ein Vermerk, der mich zur Gefangenen werden ließ, wie sich bald herausstellte.

In der Zwischenzeit waren alle notwendigen Heiratspapiere organisiert worden. Das Ehefähigkeitszeugnis aus Kenia kam auch rechtzeitig an, und es wurde der Heiratstermin beim Standesamt vereinbart.

Der Gedanke, dass ich Hans' Ehering bald tragen musste, machte mich unheimlich krank. Ich versuchte ihn zu überreden, keine Eheringe für die Hochzeit zu kaufen. «Schatz, du brauchst mir keinen Ehering zu kaufen. Das ist doch alles eh nur sehr teuer und du hast ja schon viel zu viel für mich bezahlt. Dafür bin ich Dir wirklich sehr dankbar. Wir sparen lieber das Geld für unsere Zukunft. Mit diesen Argumenten konnte ich ihn zum Glück überzeugen. Ein Hochzeitskleid und eine Namensänderung fand ich ebenfalls unnötig.

«Liebe Frau Sewe, lieber Herr Bösemann, liebe Gäste, wir haben uns heute zu diesem wunderschönen Ereignis versammelt ...». Hans schaute mich lächelnd an, aber ich blickte geistesabwesend gegen die leere Wand. Zu diesem «wunderschönen Ereignis» fehlte jede Spur von Hans' Freunden. Viele Dinge gingen mir in diesem Augenblick durch den Kopf.

«Und nun die Ringe bitte…» Die Worte der Standesamtbeamtin holten mich wieder zurück in die Realität «Haben wir nicht» schrie ich fast. Die Beamtin erschreckte sich und wirkte überrascht auf meine Antwort, aber das war mir egal. Ich war froh als dieses «wunderschöne Ereignis» endlich vorüber war.

## 10

Es war kurz nach acht Uhr. Ich war mit dem Bus auf dem Weg zum Deutschkurs der Volkshochschule. Bald werde ich endlich Deutsch sprechen und mich mit Deutschen unterhalten können. Hans wird nicht mehr für mich sprechen müssen. Pünktlich um 8.45 Uhr fing der Unterricht im ersten Stock des Hauses C an. Es waren ungefähr zwanzig Ausländer unterschiedlicher Nationen da. Manche wirkten freundlich, aber auch etwas unsicher. Mir ging es nicht anders. In der ersten Stunde des Intensivkurses gab es eine spielerische Kennenlernrunde. Auf die Frage der Dozentin: «Wie kommen Sie zur Volkshochschule?», antwortete einer selbstsicher «Mit dem Flugzeug» «Oh, das ist nicht schlecht!», sagte die Dozentin. Wir alle lachten. Es machte Spaß und es war interessant zu erfahren, was die einzelnen Teilnehmer nach Deutschland verschlagen hatte und welche Pläne sie für ihre Zukunft hatten. Dann kam die 15-minütige Pause. Alle gingen an die frische Luft. Als wir vor dem Gebäude standen, hörte ich jemanden meinen Namen rufen. Ich drehte mich um und erblickte Hans. Er stand am Zaun und winkte mir zu. Ich tat so, als hätte ich ihn nicht bemerkt und ging rasch wieder in den Unterrichtsraum.

★ ★ ★

Mehrere Monate vergingen und ich hatte bereits einige Freundschaften geschlossen. Ich fühlte mich wohl im Unterricht. Mit einer Thailänderin hatte ich mich besonders gut verstanden. Sie versuchte immer wieder mich bei sich zu Hause einzuladen, aber ich hatte eine Ausrede nach der anderen parat. Sie wohnte etwas außerhalb der Mainzer Innenstadt, in einem Ortsteil, in dem ich noch nie war. Das hätte bedeutet, dass Hans mich hätte hinfahren müssen. Theater wäre vorprogrammiert gewesen und darauf hatte ich keine Lust.

Ich verließ die Volkshochschule und wechselte zur Evangelischen Studierendengemeinde. Dort war der Deutschunterricht meines Erachtens nach auf einem hohen Niveau und viel intensiver. Wir mussten längere Diktate schreiben und zusätzliche Hausaufgaben wurden uns empfohlen. Wir mussten jeden Tag versuchen, einen Artikel aus der Allgemeinen Zeitung laut und deutlich zu lesen. Manchmal passte ich bei Diktaten zu sehr auf, damit ich bloß keine Fehler machte. Als der Lehrer zum Beispiel «Katrin ohne h» diktierte, schrieb ich auch tatsächlich «Katrin ohne h». Peu à peu konnte ich mich auf Deutsch artikulieren. Schritt für Schritt wurde mein Deutsch immer besser. Ich traute mir sogar zu, einige Sätze außerhalb des

Unterrichtes zu sprechen. Manchmal ging ich extra in die unterschiedlichsten Geschäfte, um mein Können zu testen. Die, die mir zuhören wollten, versuchten mich zu korrigieren und mir weiterzuhelfen. Einmal kam eine Verkäuferin auf mich zu:

«Entschuldigung, kann ich Ihnen weiterhelfen?»

«Nein, danke, ich schaue mich querbrett um», sagte ich lächelnd. Sie sah mich fragend an:

«Querbrett?! Sie meinen wohl querbeet?!»

«Ups! Ja, danke»

Es gab aber auch Menschen, die mir einfach nicht zuhören wollten. Sie ignorierten mich und gingen weiter. Andere reagierten sehr ungehalten. Schon bevor ich etwas sagte, kam ein böses und deutliches «NEIN!» Sie machten einen großen Bogen um mich und beschäftigten sich weiter mit sich selbst.

In Mainz lernte ich eine nette Kenianerin kennen. Sie war Anfang zwanzig. Wir verstanden uns von Anfang an super und haben miteinander viel erlebt und gelacht. Sie kam nach Deutschland, um zu studieren. Sie wohnte allein in einer Ein-zimmer Wohnung und hatte einen gleichaltrigen deutschen Freund. Ihre Eltern waren reich und gebildet. Sie haben bereits die ganze Welt bereist und besuchten Ihre Tochter regelmäßig in Deutschland. Damit sie sich nur auf ihre Ausbildung konzentrieren konnte, finanzierten ihre Eltern ihren ganzen Aufenthalt in Deutschland. Ich muss zugeben, dass ich etwas neidisch war auf sie.

«Du, kann ich dich etwas fragen?», sagte sie eines Nachmittags zu mir.

«Ja, frag ruhig»

«Wir kennen uns seit über einem Jahr und ich wundere mich nur, warum du mich noch nicht zu dir eingeladen hast» Für mich war dies eine unangenehme Frage, ich antwortete trotzdem:

«Weil es bei dir am schönsten ist. Aber, wenn du magst, kannst du morgen vorbeikommen»

Chela wusste nur, dass ich verheiratet war. Bis dahin hatte ich dafür gesorgt, dass sie Hans nicht kennenlernte. Als sie zu uns nach Hause kam, war Hans auch da. Anfangs spielte er den liebevollen Ehemann.

Während er uns das Essen zubereitete, zeigte ich Chela das Haus. Sie war begeistert, aber ich reagierte nicht auf ihre Begeisterung. Hans servierte das Essen und wir saßen in der Küche. Er redete ohne Punkt und Komma und ließ uns kaum zu Wort kommen. Das meiste, was er erzählte, war dummes Zeug. Während er redete, saß ich nur lächelnd da. Ich merkte, dass meiner Freundin die Situation unangenehm war. Dann fragte er Chela, warum sie in Deutschland sei. Sie antwortete, dass sie vorhabe, bald zu studieren. Hans war überrascht. Er hatte wohl eine ganz andere Antwort von ihr erwartet und wollte ihr keinen Glauben schenken. «Ihr lügt doch alle. Ihr seid doch eh nur hier, um uns alles wegzunehmen. Ich habe euch zum Beispiel gerade etwas gekocht. Jetzt fresst ihr wie Buschbabys in eurem Land, als gäbe es kein Morgen mehr!».

Meiner Freundin ist das Essen fast im Hals stecken geblieben. Sie stand auf, packte ihre Sachen und ging. Ich habe sie nie wiedergesehen.

# 11

2003 hätte das glücklichste Jahr in meinem Leben sein können – wenn nur nicht die Schwierigkeiten mit Hans gewesen wären. Ich hatte endlich einen Ausbildungsplatz bei einer Verwaltung bekommen. Ich freute mich wie ein kleines Kind und machte mir Hoffnungen, dass ich auf dem besten Weg sei, mit einer guten Ausbildung, beruflich voranzukommen. Aber das erste und zweite Ausbildungsjahr waren anstrengender als ich dachte.

Alle Schüler in meiner Klasse waren Deutsche und ich war begeistert. «Akoth! Du warst als Kind immer von den weißen Menschen fasziniert. Heute sitzt du mit ihnen in einer Klasse und du darfst sogar auch mit ihnen lernen!», dachte ich mir. Aber als einzige Afrikanerin in der Klasse war es für mich doch sehr schwer, mit meinen Mitschülern im Unterricht mitzuhalten. Sie lernten und verstanden alles rasch, während ich mir den Kopf darüber zerbrach was manche Wörter wie „Verwaltungsrechtsweg oder Rechtsbehelfe» bedeuteten. Oft fühlte ich mich missverstanden – vor allem, wenn ich im Unterricht vorlesen musste. Ich hasste es, Wörter mit Umlauten aussprechen zu müssen, da ich immer wegen der Aussprache dieser verdammten Umlaute ausgelacht wurde. Es fiel mir auch schwer, mit meinen Klassenkameraden auf Deutsch zu diskutieren um bei bestimmten Themen meine Meinung vertreten zu können. Entweder wurde ich ignoriert oder gar nicht ernst genommen. Interessant wurde es auch wenn es um Gruppenarbeiten ging. Freiwillig wollte offensichtlich niemand mit mir in einer Gruppe sein. Ich wurde immer bedrückter, verhielt mich im Unterricht passiv und antwortete nur, wenn die Lehrer mich direkt etwas fragten. Meine Selbstsicherheit schwand. Es machte mir viel Mühe, dem Unterricht zu folgen.

An einem Wintermorgen, vor Unterrichts-beginn, ging das Licht in einem der Flure unserer Berufsschule kaputt. Es war für eine Weile dunkel und wir mussten im Korridor warten, bis unsere Klassenlehrerin die Tür zum Klassenzimmer aufschloss. Da kam mir während des Wartens eine Gruppe von Schülern aus einer anderen Klasse entgegen.

Einer der Jungs schaute in meine Richtung und sagte dann laut zu seinen Kameraden: «Boa, habt ihr die gesehen? Die ist schwarz wie die Nacht!» Die anderen schauten zu mir und lachten sich fast kaputt. Zum Glück gingen sie weiter. Ich fühlte mich schrecklich klein und wertlos und war für den Rest des Tages traurig. Dieser Vorfall ließ mich lange nachdenken. Bevor ich nach Deutschland kam, hatte ich mir nie Gedanken über mein Aussehen gemacht. Meine Eltern haben mir beigebracht, dass alle Menschen vor Gott gleich sind. Für mich waren alle Menschen gleich, egal welche Hautfarbe sie hatten. Dass ich schwarz und deshalb scheinbar anders bin, wurde mir erst jetzt in diesem Land bewusst.

★ ★ ★

Mit der Zeit wurde es für mich zur Routine zu beobachten, wie manche Europäer auf mich reagierten. Ich versuchte dabei aufgrund ihres Verhaltens ein paar Rätsel zu lösen und fragte mich, was sie sich wohl bei ihren Aktionen dachten. «Hm, vielleicht, fühlen sie sich besser und wertvoller als Schwarze? War es einfach nur Ignoranz oder reagierten sie aus purer Unsicherheit offensiv den Fremden gegenüber?»
Ich erinnere mich an einen späten Nachmittag, als ich von meiner Arbeit kam und auf dem Weg nach Wiesbaden war. Ich stieg in den Zug und setzte mich ans Fenster.
Während der Fahrt lehnte ich meinen Kopf an die Sitzlehne und genoss den Blick auf die Landschaft des Rheins. Es dauerte nicht lange, als ein kräftiger, muskulöser Fahrscheinkontrolleur in den Wagon kam. Er hatte eine frischrasierte Glatze. «Guten Tag, Ihre Fahrkarten bitte!» sagte er laut zu den Fahrgästen. Ich beobachtete, wie er die Kontrolle der Fahrscheine bei allen anderen Fahrgästen mit einem schnellen «Dankeschön, wunderbar, Danke, vielen Dank!» erledigte. Aber als er bei mir stehen

blieb, nahm er sich verdächtig viel Zeit, um meine Jahresfahrkarte akribisch zu kontrollieren.

Dieses Verhalten ärgerte mich und ich wurde allmählich wütend. Er drehte die Fahrkarte mehrmals in alle Richtungen. Dabei setzte er seine Brille auf und hob die Fahrkarte gegen das Licht, als würde er eine Echtheitsprüfung durchführen. Sein Verhalten lenkte die Aufmerksamkeit der anderen Fahrgäste auf mich, welche mit neugierigen Blicken dem Schauspiel folgten. Ich war mit meiner Geduld am Ende.

«Entschuldigen Sie. Stimmt etwas nicht mit der Fahrkarte?», fragte ich verärgert.

«Wo wollen Sie hin?»

«Nach Hause.»

«Wo ist Ihr Zuhause?»

«Das sage ich Ihnen nicht und jetzt geben Sie mir bitte meine Fahrkarte zurück.»

«Da müssen Sie sich noch etwas gedulden. Ich muss nämlich nachschauen, ob die Fahrkarte wirklich in Ordnung ist.»

«Glauben Sie etwa, dass sie eine Fälschung in der Hand halten, oder was? Warum haben Sie das bei den anderen Fahrgästen nicht getan?!»

«Beruhigen Sie sich, junge Frau.»

«Nein, ich beruhige mich nicht. Ich fühle mich hier bloßgestellt. Sie behandeln mich so, als wäre ich kriminell, und das werde ich auf keinen Fall zulassen. Geben Sie mir jetzt sofort meine Fahrkarte zurück.» Er gab mir die Fahrkarte zurück und ging weiter.

Ich kam in Wiesbaden an und entschloss mich, erst einmal durch ein paar Geschäften zu spazieren, um mich etwas abzulenken. In einem Laden war ein etwa dreijähriges Mädchen. Sie stand etwas entfernt von ihrer Mutter. Als es mich sah, erschrak es und rannte schreiend zu ihrer Mutter und zeigte hysterisch auf mich, als hätte sie einen Geist gesehen.

Alle Augen im Geschäft waren auf mich gerichtet. Ich ging zu dem Mädchen mit der Intention, es beruhigen zu wollen, aber ich machte alles nur noch schlimmer. Ich schämte mich und verließ verärgert das Geschäft. «Ach Akoth! Schwamm drüber. Du siehst nun mal komisch aus. Selbst die Kinder in diesem Land haben Angst vor dir», sagte ich mir.

★ ★ ★

Mich schockierten die Reaktionen einiger Europäer, wenn sie schwarzen Menschen begegneten. Ich konnte diese Reaktion wie eine Art «Hass auf den ersten Blick» deuten. Kommentare wie «Schau mal, da läuft eine Negerin» während sie auf mich zeigten, gehörten leider zu meinem Alltag. So auch eine unangenehme Situation an einer Bushaltestelle, an der ich mich neben einen älteren deutschen Herrn auf die Bank setzen wollte.

«Dieser Platz ist für meine Frau reserviert!», reagierte der Mann mit einem scharfen Ton.

«Aber, die Bushaltestelle hier ist doch ein öffentlicher Platz, für alle Menschen.» erwiderte ich.

«Hier ist kein Platz für Drecksacktouristen, Punkt!»

Ja, ich bin vielleicht arm, aber wer gibt ihm das Recht mich als «Neger» oder «Drecksacktouristin» auf offener Straße zu beschimpfen?! Vor allem, wenn er mich gar nicht kennt!

Manche Leute meinten sogar, mich immer wieder belehren zu müssen, was in Deutschland erlaubt ist und was nicht. Es passierte an einem sonnigen Nachmittag. Ich war in der Stadt bummeln und kaufte zwei, drei Sachen ein. Als ich das Geschäft verließ verspürte ich plötzlich ein Druckgefühl in den Ohren. Bewusst machte ich ein paar Kau- und Schluckbewegungen, damit das unangenehme Gefühl verschwindet. Ohne es zu merken, wurde ich dabei beobachtet. Ich hörte plötzlich jemanden schimpfen, eine Dame, die etwa einen Meter neben mir lief. Allerdings konnte ich sie akustisch nicht verstehen.

«Was haben Sie gerade gesagt?», fragte ich sie etwas neugierig. Jetzt kam sie noch näher und schrie mir ins Ohr: «Wollen Sie mich etwa fressen?» Ich war perplex.

Ihr rundes, etwas faltiges Gesicht war zwar von ihrer Hutkrempe überschattet, aber als sie nah bei mir stand, sah ich, wie böse ihr Blick tatsächlich war. Ich dachte mir, dass ich sie wohl durch mein «schlimmes» Verhalten sehr irritiert haben müsste. Sie schaute mich böse an und sagte: «Sie laufen hier durch die Gegend und gähnen, als würde Ihnen die ganze Welt gehören. Schämen müssen Sie sich. Und zu Ihrer Information – bei uns in Deutschland hält man die Hand vor den Mund!» Ich ließ mir diesen dummen Kommentar nicht gefallen und antwortete ihr, dass es mir piep egal sei, was bei ihr in Deutschland üblich sei. «Ich mache, was ich will und wann ich es will.» Falls sie ein Problem damit habe, müsse sie wegschauen, schließlich habe ich niemanden umgebracht. Ich ließ sie stehen und lief weiter.

Sätze, die mit «Bei uns in Deutschland …» anfingen, ließen mich ständig aggressiv werden. Oder noch schlimmer: «Sie müssen in ganz elenden Zuständen gewohnt haben. Bei uns in Deutschland herrscht Ordnung.» Auf die Frage: «Wer hat Ihnen denn erzählt, dass es nur in Kenia Elend gibt?» bekam ich natürlich nie eine Antwort.

Während einer Ausbildung im öffentlichen Dienst ist es üblich, sämtliche Referate des Dienstherrn zu durchlaufen. Es werden dabei praktische Kenntnisse und Fähigkeiten in den einzelnen Fachbereichen vermittelt. Auch für mich wurde ein Ausbildungsplan erstellt, an dem ich mich orientieren musste. Es wurde darin genau beschrieben, wo und zu welchem Zeitpunkt ich in welchem Referat hospitieren sollte. Für jeden Ausbildungsabschnitt musste ein Berichtsheft geschrieben werden.

Ich hatte die Möglichkeit, in einer Behörde außerhalb des Parlaments drei Monate als Gastauszubildende zu verbringen.

Zu Beginn fühlte ich mich gut aufgehoben und war immer gespannt auf die Aufgaben, die auf mich zukamen. Eines Tages musste ich den Telefondienst übernehmen. Das Telefon sah etwas anders aus als in meiner Ausbildungsbehörde. Als ich mit der Bedienung nicht zurechtkam, ging ich zu einer Mitschülerin und bat sie um Hilfe. Sie erklärte mir die Technik, ohne mich spüren zu lassen, dass ich sie nervte. Leider erfuhr ich am nächsten Morgen durch eine andere Mitschülerin, dass sie im Schulhof heftig über mich gelästert hat.

«Die Tussi, die da gerade kommt ist strohdoof. Sie kann noch nicht einmal einen einfachen Apparat bedienen», sagte sie zu den anderen Mädchen. Ich war entsetzt! Jetzt wussten sie alle, dass ich «strohdoof» war. Die Tatsache, dass meine Schulnoten zu diesem Zeitpunkt schlecht waren, ließ mich auch tatsächlich glauben, dass sie wohl recht hatte.

★ ★ ★

Manchmal zweifelte ich daran, ob ich die Ausbildung überhaupt schaffen würde. Die psychische Belastung war enorm. Auf der einen Seite hatte ich zu Hause totales Chaos mit Hans, auf der anderen Seite die hohen Anforderungen in der Schule. Die deutsche Sprache wurde immer schwieriger für mich. Ich war frustriert. Im Unterricht verstand ich meistens nur wenig.

Während alle anderen Mitschüler hundert Prozent gaben, musste ich zweihundert Prozent leisten, um wenigstens eine befriedigende Schulnote zu bekommen. Dazu stand ich auch noch unter Druck in meiner Behörde. Einige Kollegen zweifelten von Anfang an daran, dass ich die Berufsschule schaffen würde. Ich bemerkte, dass sie andere Mitschüler bei bestimmten Aufgabenstellungen bevorzugten und unterstützten.

Während dieser Zeit – Ausbildung, Schule und Ehekrise – hatte ich mich dazu entschlossen, die Maske einer glücklichen jungen verheirateten Dame zu tragen. Mein Ziel war es, den Eindruck zu hinterlassen, dass es mir wunderbar ging. Auf gar keinen Fall wollte ich Schwäche zeigen und verwirrt wirken. Also nahm ich mir vor, immer zu lächeln, und wenn sich jemand sich nach meinem Wohlergehen erkundigte, antwortete ich selbstsicher und fröhlich mit einem «Mir geht's gut, danke!». Dies tat ich immer in der Hoffnung, dass der oder die Fragende mit meiner Antwort zufrieden sein würde und das Gespräch dann auch wirklich schnell zum Ende kommt.

★ ★ ★

Meine Schulnoten wurden zunehmend schlechter und mir war klar, dass ich das nicht länger vertuschen kann. Gegenüber meiner Behörde bekam ich ein zunehmend schlechtes Gewissen. Als erste Afrikanerin war ich ja sehr stolz, in einem Parlament eine Ausbildung machen zu dürfen. Eine Chance, die vielleicht Viele nicht bekamen. Oft fragte ich mich, ob ich gut genug und überhaupt für diese Art von Ausbildung geeignet bin. Ich musste mich nur daran erinnern, woher ich komme und prompt hatte ich die Antwort: «Ja, warum nicht».

Es war an der Zeit aufzuwachen und meine Schulnoten zu verbessern. Doch eines war mir klar – ohne Hilfe würde ich das nicht schaffen. Wem sollte ich bloß mein Problem anvertrauen? Nach einer langen Diskussion mit mir selbst, ging ich zu meiner Klassenlehrerin. Ich erklärte ihr, dass ich aufgrund meiner mangelhaften sprachlichen Kenntnisse daran zweifelte die Ausbildung zu bestehen. Frau Goodwill hatte keine Ahnung, wie schlecht es mir wirklich innerlich ging.

Anfangs spielte ich mit dem Gedanken, ihr von meinen Problemen zu Hause zu erzählen, aber dann habe ich es doch nicht gewagt, aus Angst, dass sie mich vielleicht als Sonderfall vor den anderen Schülern behandeln könnte. So beschloss ich, sachlich zu bleiben und mich nur wegen meiner schulischen Weiterentwicklung von ihr beraten zu lassen.

Frau Goodwill hatte ein offenes Ohr für mich und sprach mir Mut zu. Sie war fest davon überzeugt, dass eigentlich nichts schiefgehen dürfte, wenn ich im Unterricht gut aufpasse und die Hausaufgaben mache. „Akoth, du schaffst es." sagte sie gegen Ende unseres Gesprächs. Ich folgte ihrem Rat und schon bald erlebte ich eine enorme Verbesserung.

Während der Ausbildung gab es aber auch Momente, über die ich mich bis heute noch amüsiere. In Kenia ist es zum Beispiel selbstverständlich, dass alle Schülerinnen und Schüler aufstehen müssen, sobald ein Lehrer oder eine Lehrerin das Klassenzimmer betritt. Das Aufstehen soll Respekt den Älteren gegenüber bekunden. Der Lehrer begrüßt dann seine Schülerinnen und Schüler mit einem «Good morning, children»

«Good morning, Sir!» alle antworten wie im Chor

«How are you today?»

«We are fine, thank you.» Erst, wenn er «Alright, sit down» sagt, dürfen sich alle mit einem «Thank you, Sir» hinsetzen. In der deutschen Berufsschule habe ich gedacht, dass die Schüler dasselbe tun. So stand ich brav auf, als die Lehrerin ins Klassenzimmer kam und sah nur verwunderte Blicke auf mich gerichtet, denn ich war die Einzige, die aufgestanden war. Ich hörte, wie meine Sitznachbarin «Akoth, was hast du vor?» sagte. Schnell habe ich mich wieder hingesetzt und dachte: «Jetzt habe ich mich wieder lächerlich gemacht.»

Ein anderes Mal stand ich am 3. Oktober vor verschlossenen Schultüren und wunderte mich, warum keiner da war. Ich fragte mich, ob der Lehrer in der letzten Stunde über diesen Tag gesprochen und ich schon wieder nichts verstanden hätte. Ich rief eine Freundin an, die mir dann erklärte, dass dieser Tag ein Nationalfeiertag in Deutschland sei. Obwohl Hans an diesem Morgen wusste, dass ich mich für die Berufsschule vorbereitete, ließ er mich gehen, ohne ein Wort darüber zu verlieren. So konnte er sich später wieder über mich lustig machen.

★ ★ ★

Langsam neigte sich die dreijährige Ausbildung dem Ende zu. Ich merkte, wie meine Klassenkameraden und ich immer nervöser und angespannter wurden.

In genau vier Monaten werden wir die Abschlussprüfung ablegen. Zu dieser Zeit drehte Hans auch immer mehr durch. Er war fest davon überzeugt, dass er einen Besitzanspruch auf mich hätte und tat alles, was in seiner Macht stand, um mich ausgerechnet jetzt in Stresssituationen zu bringen. Ein Teil von mir war bereits gestorben und meine Fröhlichkeit war verflogen. Ich wurde schon aggressiv, wenn ich auch nur seinen Schatten in meiner Nähe spürte. Mir war klar, was er mit seinem Verhalten erreichen wollte.

«Siehst du das hier?», sagte er mir eines Morgens, als ich mich für die Berufsschule vorbereitete. Er zeigte auf meinen Pass. «Darin steht, dass du mit mir verheiratet bleiben musst. Wenn du nach deiner Ausbildung versuchst mich zu verlassen, wirst du es bitter bereuen. Ich kenne mich mit deutschen Gesetzen sehr gut aus. Ich war schon mal drei Jahre im Gefängnis und kenne alle Tricks, um die Behörden zu überzeugen, dass du hier eine Scheinehe führst. Du bist hier nur eine kleine Ausländerin, wertlos. In Deutschland wirst du nur toleriert, weil du mit mir verheiratet bist. Egal, was du ihnen später erzählen wirst, werden sie dir nicht glauben. Ich werde dafür sorgen, dass du in dein elendes Land zurückgeschickt wirst», drohte er mir. Mir kamen die Tränen.

«Hans, warum tust du mir das an?», fragte ich ihn traurig.

«Schau, dass du deine Sachen aus dem anderen Zimmer holst und in dieses Schlafzimmer bringst, sonst sehe ich mich gezwungen, dem Ausländeramt einen ordentlichen› Brief zu schreiben!»

Es war das erste Mal, dass ich das Wort «Scheinehe» hörte. Ich recherchierte und mir wurde einiges klar. «Scheinehe» war eine Straftat in Deutschland. Ich bekam tatsächlich Angst davor, vom Ausländeramt nach Kenia ausgeliefert zu werden. Mein Leben war ja schon kompliziert genug und die

Auslieferung könnte der Preis sein, den ich zahlen müsste, bevor ich mein Ziel erreicht hätte.

Ein Problem mit der Behörde durfte ich mir in diesem Moment einfach nicht leisten. Also packte ich meine Sachen und zog in das gemeinsame Schlafzimmer ein.

Der Gedanke, dass ich die Nächte im gleichen Bett mit Hans verbringen würde, trieb mich in den totalen Wahnsinn. Mich ängstigte schon die Art, wie er über bestimmte Sachen dachte und redete. Unsere Konversationen, die selten harmonierten, seine bestimmende Art – das alles belastete mich sehr.

Außerdem dachte ich noch an sein tatsächliches Alter, die gefärbten Haare und auch daran, wie er seine Zahnprothese jeden Abend auszog und ins Glas legte. Einmal ist diese Prothese mitten auf der Straße aus seinem Mund gefallen, als er meinte, aus einem nichtigen Anlass mit Fremden schimpfen zu müssen.

Die lückenlose Kontrolle und die Eifersucht wurden täglich schlimmer, ich wurde in die Isolation getrieben. Ständig redete Hans gedankenlos daher. Mal sagte er: «Du isst zu viel», dann wieder: «Du bist zu fett», «Du bist dumm.» Ich konnte ihm nichts recht machen. Alles sah so aus, als wären die Türen in die Freiheit für mich verschlossen. Mein Freiraum war beschränkt und von den wenigen Freunden, die mir noch geblieben waren, distanzierte ich mich langsam. Ich erinnere mich an eine Situation, als Freunde mich zum Tanzengehen abholen wollten. Als ich Hans davon erzählte, meinte er, dass er etwas anderes vorhabe. Er werde heute nicht im Haus übernachten.

«Deine Freunde müssen nicht am gleichen Tag zurück nach Darmstadt fahren, lass sie doch bei uns übernachten», sagte er.

Ich freute mich, dass wir sturmfreie Bude hatten.

«Wir können später bei dir weiterfeiern», meinte eines der Mädchen. Aber ich freute mich zu früh. Gegen drei Uhr morgens verließen wir die Diskothek. Als wir zu Hause waren, bekamen wir Hunger. Ich ließ meine drei Ladies in der Küche sitzen und ging die Treppen runter, um zwei Pizzen aus der Kühltruhe zu holen. Die Kühltruhe stand in einer kleinen Vorratskammer gegenüber den beiden Schlafzimmern.

Als ich die Tür zu der Kammer öffnete und das Licht anmachte, dachte ich, mich treffe der Schlag. Hans stand plötzlich vor mir – splitternackt! Der Schreck ließ mir das Blut in den Adern gefrieren. Panisch und mit Herzrasen schlug ich die Tür zu und rannte ins Schlafzimmer. Nachdem ich mich etwas beruhigt hatte, holte ich die Pizzen aus der Kammer und kehrte, ohne Hans zu beachten, in die Küche zurück. Den drei Freundinnen erzählte ich nichts und war froh, dass sie am nächsten Tag schon sehr früh wegfuhren.

Als ich alleine war, fragte ich mich, was diesen Mann dazu getrieben hatte. Er hatte vielleicht gedacht, dass ich mit einem anderen Mann zu Hause auftauche und wollte mich auf frischer Tat ertappen? Bewusst vermied ich es, über diesen Vorfall mit ihm zu sprechen. Meine Energie brauchte ich für die bevorstehende Prüfung; dennoch ärgerte ich mich im Nachhinein tierisch, dass ich ihn nicht einfach in der Kammer eingeschlossen hatte.

★ ★ ★

Es war Freitag, draußen hatte es viel geschneit und ich liebte den Schnee. In Mainz war alles weiß und die Stadt wurde zu einem traumhaften Winterwunderland, das zu einem schönen Spaziergang einlud. Ich hatte vor, später in den Park zu gehen, aber ich bekam ein schlechtes Gewissen bei dem Gedanken, das Haus zu verlassen. Hans hatte die Grippe erwischt. Kurz nach 18 Uhr klingelte mein Handy.

«Hey, Akoth, wie geht es dir?»

«Gut!»

«Lange nichts mehr von dir gehört. Ich habe heute Lust, was in der Stadt trinken zu gehen, magst du mitkommen?»

«Du, ich weiß es nicht. Hans ist krank und ich denke, es ist keine gute Idee, ihn hier alleine zu lassen.»

«Verstehe, dann lass uns ein anderes Mal treffen.»

«Ja, machen wir auf jeden Fall …»

Hans hatte das Gespräch mitbekommen und er bot mir an, dass ich mich mit Alisha verabreden könne.

«Ich bin zwar krank, aber das heißt nicht, dass du rund um die Uhr auf mich aufpassen musst. Geh ruhig mit deiner Freundin was trinken.»

«Aber du zitterst ja am ganzen Körper, die Erkältung hat dich schon heftig erwischt. Ich bleibe lieber hier.»

«Nein, Akoth, geh! Wirklich, mir wird schon nichts passieren.»

★ ★ ★

Ich rief Alisha an und verabredete mich mit ihr. Die Atmosphäre und die Chill-out-Musik im Restaurant beruhigten mich und ich war doch froh, dass ich dort war. Als wir in ein Gespräch vertieft waren, wechselte Alisha plötzlich das Thema.

«Akoth, sag mal, du hast mir doch erzählt, dass Hans eine Grippe hat, stimmt's?»

«Ja, ihm geht es wirklich dreckig. Auch wenn er gemein ist zu mir, mache ich mir trotzdem Sorgen um ihn. Warum fragst du?»

«Ich wundere mich nur, schau mal zum Fenster hinter dir.» Ich drehte mich um und schrie auf vor Schreck.

«Oh mein Gott!» Da stand Hans, sich auf sein Fahrrad stützend, am Panoramafenster. Mir war, als hätte ich einen Geist gesehen. Mein Herz hämmerte und ich rang verzweifelt nach Luft. Er winkte mir, lachte und fuhr mit dem Fahrrad fort. Alisha versuchte mich zu beruhigen, aber ich war geschockt und traute mich nicht, nach Hause zurückzukehren. Ich ging mit zu Alisha und übernachtete dort.

## 12

Es war einer jener Tage, an denen ich mich wie ein Baby freute. Voller Vorfreude packte ich meinen Koffer für den Besuch in meinem Heimatland. Ich freute mich auf das Wiedersehen mit meiner Familie, aber gleichzeitig fragte ich mich, wie Mutter und Vater nach einem Jahr wohl aussehen würden – ob sie mehr graue Haare bekommen hätten.

Das Kofferpacken war für eine Chaotin wie mich schon immer eine der größten Herausforderungen. Mittlerweile glaubte ich sogar daran, zu den Menschen zu gehören, die einen ganzen LKW mit Anhänger benötigen, um den ganzen Inhalt zu transportieren. Ein paar Schuhe für Mutti, ein Hemd für Vati, Kleidung, Luftballons und Süßigkeiten für meine putzigen Neffen und die Nichte. Bei einem Gepäcklimit von nur 23 kg war der Koffer bereits voll, ohne noch ein wenig Platz für die Dinge zu haben, welche ich am liebsten noch mitgenommen hätte. Am Ende blieb mir nichts anderes übrig, als den Inhalt wieder auszupacken und neu zu entscheiden, was zurückbleibt und was ich mitnehme. Schließlich gelang es mir, den größten Teil

einzupacken und ich war froh, als ich am Freitag-
abend im Flugzeug saß.

Es war genau 10 Uhr des darauffolgenden Tages,
als mein Taxi in Mnarani Village abbog. Mir war
aufgefallen, dass sich das Dorf bis auf ein paar neue
Häuser und Bewohner kein bisschen verändert
hatte. Als ich aus dem Taxi stieg, schossen mir
gleich die Freudentränen in die Augen.

Zu Hause erwischte ich Mutter beim Gemüseput-
zen. Sie unterhielt sich dabei mit ihrer Freundin.

«Na, Mama, wie geht es dir?», sagte ich. «Gut, mein
Kind, willkommen!» Mutter konzentrierte sich auf
das Putzen des Gemüses und antwortete mir, ohne
ihren Kopf zu heben und ohne in meine Richtung
zu blicken. Aber dann erkannte sie Sekunden später
meine Stimme und sie wäre beinahe in Ohnmacht
gefallen, als sie sah, dass ich plötzlich vor ihr stand.
«Moment mal, wo kommst du denn her?», fragte
sie mit überraschter Miene. «Aus Deutschland»,
lachte ich. Sie schob das Gemüse zur Seite, stand
auf und kam mit offenen Armen auf mich zu.

In Kenia sagten alle Kinder oder jungen Menschen
– egal, zu welchem Stamm sie gehörten – zu den
Älteren «Mama, Papa, Tante oder, Onkel» als Zeichen von Respekt. Es war sogar üblich, dass
Gleichaltrige sich «Schwester» oder «Bruder» nannten. In diesem Augenblick wäre es Mutter niemals
in den Sinn gekommen, dass ich unmittelbar vor
ihr stehe. Bei meiner Begrüßung ging sie daher davon aus, dass es sowieso nur eines der Kinder aus
dem Dorf sein könnte.

«Warum hast du nicht Bescheid gesagt, dass du kommst?» Noch war sie überrascht, als sie mir die Frage stellte. «Dann wäre es keine Überraschung mehr, Mama, schau dich an. Ich muss sagen, die Überraschung ist mir definitiv gelungen, aber keine Sorge, meine Geschwister wussten bereits, dass ich auf dem Weg hierher bin», sagte ich glücklich.

«Du hast mir einen Schrecken eingejagt, mach das nie wieder!» – «Ja, Mama, nie wieder!»

Mutter liebte Rotwein aus Deutschland und als ich ihr zwei Flaschen davon direkt als Entschuldigung übergab, fühlte sie sich geschmeichelt und ihre Irritation war wie von selbst verschwunden. Dann umarmte sie mich erneut.

«Willkommen, mein Kind», sagte sie, während sie meine Hand hielt. «Setz dich hier neben mich. Ich bin glücklich, dass du da bist. Ich will alles wissen. Wie es dir geht und wie deine Reise war, aber zuerst werde ich dir etwas zum Frühstücken vorbereiten.»

Das Wiedersehen war jedes Mal etwas Besonderes – sozusagen ein richtiges Fest für die meisten kenianischen Familien, wenn man nach längerer Abwesenheit nach Hause zurückkehrte. Außerdem ist es in der kenianischen Gesellschaft üblich, dass eine Ziege, Ente, ein Huhn oder sogar eine Kuh geschlachtet wird für den «Ehrengast». Auch ich trug an diesem Tag diese besondere Bezeichnung «Ehrengast». Ich durfte mir zum Abendessen aussuchen, ob ich eine der Ziegen von Vater oder die Ente von Mutter haben mag, etwas, das meine anderen Geschwister neidisch machte. Ich entschied mich natürlich gezielt für das Ziegenfleisch. Schließlich dachte ich, dass Vater mich dafür belohnen musste, dass ich früher als Kind auf seine Ziegen aufpasst habe.

«Mama, ich fahre auch bald nach Tansania für ein Jahr, dann kannst du mich auch fragen, was ich essen mag, wenn ich wieder da bin», hörten wir meinen jüngeren Bruder Mang'are im Hintergrund jammern und alle lachten.

Mang'are brachte mein Gepäck ins Zimmer. Mir stand der Sinn nach Abkühlung nach der anstrengenden Reise. Ich sprang direkt unter die Dusche und genoss es, wie das Wasser auf meine Haut prasselte. Nach der Dusche fühlte ich mich rundum wohl. Getrieben von Hunger ging ich zum Frühstück, im Wohnzimmer wartete die ganze Familie neugierig auf mich. Nun wurde mir bewusst, wie sehr ich die Heimat nach einem Jahr in Deutschland vermisst hatte.

Während wir noch am Frühstückstisch saßen, holte Vater sein Radio aus seinem Schlafzimmer. Er wollte die Nachrichten nicht verpassen.

«Erinnert ihr euch noch, wie Vater früher sein geliebtes Radio wie ein brütendes Huhn behütete?», fragte ich in die Runde.

«Oh ja, ich erinnere mich noch daran, als wäre es gestern gewesen», sagte LaWino wie aus der Pistole geschossen und schon wieder mussten alle lachen.

Für einen Moment schien der Stress, den ich in Deutschland mit Hans erlebte, wie von Zauberhand verschwunden zu sein.

★ ★ ★

Es vergingen wenige Tage und das ganze Dorf war bereits informiert, dass ich wieder im Lande sei. Es kamen – wie erwartet – Nachbarn mit ihren Kindern, um nach kleinen finanziellen Hilfen oder Essen zu fragen.

Auch Jerome erfuhr von meiner Rückkehr und ließ mir durch einen Freund die Nachricht zukommen, dass er sich ein Wiedersehen mit mir wünsche. Ich war unsicher, ob dies eine gute Idee sei, dennoch schlug ich vor, dass wir uns in zwei Tagen um 16 Uhr an unserem Lieblingsplatz am Strand von Mnarani treffen.

Ich glaube, eine halbe Stunde vor Jeromes Ankunft am Strand gewesen zu sein. In der warmen Nachmittagssonne schimmerte das Meer wie eine blaue Sternenstraße. Außer dem Vogelgezwitscher und dem rauschenden Meer war an dem weißen Strand nichts zu hören und kaum jemand zu sehen. Hier fühlte ich mich schon immer entspannt und am wohlsten. «Hoffentlich versetzt er mich nicht», dachte ich. Mit jeder Minute wurde ich nervöser und fieberte förmlich dem Augenblick entgegen, bis ich ihn wiedersehen würde. Es war schon fünf Minuten nach vier, als er kam. Aber ich war erleichtert, dass er doch auftauchte. Dabei war ich selbst überrascht, diese enge Bindung zwischen uns immer noch zu spüren. Jerome hatte sich kein bisschen verändert und lächelte immer noch so süß wie vor einigen Monaten.

«Hey, Liebes, wie geht es dir? Danke, dass du gekommen bist», begrüßte er mich mit zwei Küssen auf die Wange.

«Mir geht's gut und dir?», erwiderte ich.

«Du fehlst mir, Akoth. Das Leben ist nicht mehr das gleiche, seitdem du mich verlassen hast.»

«Bitte nicht damit anfangen», dachte ich. Ich lenkte von dem Thema ab und fragte ihn, ob wir uns hinsetzen möchten. Ich ließ ihn meine Hand halten, und er führte mich zu einem angenehmen Platz im Sand und wieder spürte ich, dass etwas mit mir passierte.

«Bist du glücklich?», fragte er plötzlich.

«Wie meinst du das?»

«Bist du glücklich mit deinem Freund?»

«Mit welchem Freund? Lass uns bitte nicht über das Thema reden!» Meine Antwort war abweisend. Ich fühlte mich im Innersten getroffen, aber es gelang mir doch, noch cool zu bleiben. Ich schämte mich so sehr, dass ich mein Unglück durch meine Unvernunft selbst verschuldet hatte. Und obendrein schöpfte Jerome keinen Verdacht, dass er eigentlich mit der Frau eines anderen Mannes dasaß. Ich wusste, dass ich mir das niemals verzeihen würde. Und er war definitiv nicht die richtige Person, um mit ihm über meine momentane Situation zu sprechen. Über einen Mann, der mich unglücklich machte. Über einen Mann, bei dem ich mich partout gegen jegliches körperliche Beisammensein wehren musste.

«Habe ich etwas Falsches gesagt?», wollte Jerome wissen.

«Nein, hast du nicht. Es ist nur, ich will diesen Augenblick mit dir am Meer einfach genießen.»

Er rückte näher zu mir, so dass wir Schulter an Schulter nebeneinandersaßen.

«Hast du mich auch vermisst?»

«Ja, sehr», gab ich zu. Unvermittelt fuhr er mit seinen Fingern über meinen Hals und küsste ihn. Dann landete er mit seinen Händen zwischen meinen Schenkeln. Eine Erregung überkam mich, wie früher, wenn er mich berührte und ich spürte diese Sehnsucht, dieses Verlangen nach ihm.

Ich streichelte seinen muskulösen Körper. Sein heißer, fordernder Mund drängte sich zwischen meine Lippen. Das Verlangen nach ihm wurde immer unerträglicher, bis wir nicht mehr anders konnten, als ineinander zu versinken. Wie sehr ich es liebte, von diesem Mann begehrt zu werden! Ich bereute keine Sekunde, was wir da taten. So sehr ich mir auch gewünscht hätte, mit Jerome wieder zusammen zu sein, wusste ich, dass Vieles zwischen uns unheilbar kaputtgegangen war. Unsere Wege trennten sich von nun an endgültig.

## 13

«Willkommen zurück in der Realität», hörte ich mich selbst sagen, als ich wieder im Flugzeug Richtung Deutschland saß. An diesem Tag traf ich Yvonne zum ersten Mal, wir saßen im selben Flieger und wir unterhielten uns über Gott und die Welt. Yvonne wohnte alleine in Mainz-Kastel, einem Stadtteil von Wiesbaden.

Die Chemie zwischen uns stimmte von Anfang an und wir führten während der gesamten Flugzeit nette Gespräche miteinander. Zwar hatten wir ausgemacht, dass wir uns bald wiedersehen würden, aber insgeheim wusste ich, dass ich ihr wegen meiner Lebensumstände nicht mehr begegnen

wollte. Unsere Wege trennten sich am Frankfurter Flughafen mit einer Umarmung.

Das Schicksal aber wollte es wohl, dass ich Yvonne eines Mittags zufällig vor einem Supermarkt wiedertraf.

«Hey, was machst du hier?», fragte sie, während wir uns umarmten. «Ich mache gerade Mittagspause, heute bin ich nicht in der Berufsschule. Ich muss arbeiten, und du?» – «Ich bin momentan auch sehr beschäftigt mit meiner Fachoberschule. Was ist eigentlich passiert? Ich hatte ja gehofft, dass du mich bald anrufen würdest.» Ich log, dass ich ihre Telefonnummer verloren hätte. Sie schrieb sie mir noch einmal auf und ich versprach, mich bei ihr zu melden. Dieses Mal meldete ich mich auch wirklich bei ihr.

Damals war es wohl kaum vorauszusehen, dass sie für mich eines Tages eine Freundin fürs Leben sein würde. Aufgrund meiner Probleme verschwanden auf einmal Freunde aus meinem Leben und das Schlimmste dabei war, dass ich glaubte, selbst daran schuld zu sein.

Yvonne war die Einzige Freundin, die zu mir hielt. Sie hatte aufrichtiges Interesse an meinem Leben und meldete sich regelmäßig bei mir. Dass ihre Tür für mich immer offenstand, und sie stets Verständnis für mich zeigte, wusste ich sehr zu schätzen.

«Warum schaust du denn so traurig und gestresst?», fragte sie mich, als ich vor ihrer Tür stand. «Ich halte es nicht mehr aus, ich werde verrückt.» – «Komm, setz dich hin, ich mache dir einen Zitronentee und dann erzählst du mir in aller Ruhe, was passiert ist.» Entsetzen war ihr ins Gesicht geschrieben, als ich ihr die Geschichten von der angeblichen «Scheinehe», seinen Beschimpfungen, dem Auftritt in der Vorratskammer und seinen weiteren Eskapaden erzählte.

Sie grübelte kurz und traf überzeugt eine Entscheidung für mich: «Weißt du was? Du kannst diesen Stress im Moment nicht gebrauchen. Du fährst jetzt nach Hause, packst deine Schulsachen und kommst zurück zu mir. Hier wirst du bleiben, bis du deine Prüfung hinter dir hast. Hans will bestimmt nur, dass du die Prüfung nicht schaffst, damit du weiterhin abhängig von ihm bleibst. Lass es nicht zu, sei stark! Du wirst es mit links schaffen.» Sie umarmte mich und ließ mich an ihrem Computer im Internet surfen. «Hey, schau mal», sagte ich ihr voller Freude, als ich auf eine Singlebörse aufmerksam wurde. «Was ist damit?» fragte sie interessiert.

«Na, was denn? Ich melde mich hier mal an, vielleicht treffe ich einen netten Mann.»

«Das meinst du doch nicht ernst, oder?»

«Doch, warum nicht?», scherzte ich.

«Mich würde es schon interessieren, was für Menschen sich in der virtuellen Welt verbergen.»

«Na, dann viel Spaß!» Für einen Moment waren meine Sorgen vergessen. Ich meldete mich bei der Internetseite an. Es dauerte nicht lange, bis ich eine Nachricht bekam. Neugierig öffnete ich sie. Ich dachte, ich lese nicht richtig. Ich blieb kurz starr und schrie plötzlich vor Schreck, meine Hände zitterten heftig. Yvonne eilte zu mir: «Akoth, was ist los? Du hast mich erschreckt, sag etwas!» Ich deutete wortlos auf den Bildschirm. Als sie die Nachricht las – «Das, was du hier suchst, hast du schon zu Hause, dein Hans!» – sie war geschockt, brachte mich schnell vom Computer weg und schaltete das Gerät aus. Dieser Mann war definitiv das Unheil meines Lebens. Ich weinte und war untröstlich.

Yvonne war fünf Jahre jünger als ich. Ich hatte viel Respekt vor ihr, da sie mich durch ihre Intelligenz und ihr Selbstbewusstsein oft beeindruckte. Als ich eines Tages mit einer anderen Freundin bei ihr auftauchte, ließ sie mich im Nachhinein wissen, dass sie meine «Freundin» nicht mag. «Akoth, sie tut dir nicht gut», sagte sie mir, was sich auch später bestätigte.

Ich fuhr zurück nach Mainz und wartete, bis Hans das Haus verließ. Hektisch packte ich die notwendigsten Sachen samt Büchern, Ausbildungsunterlagen und fuhr mit dem Bus zurück nach Mainz-Kastel. Am Abend rief ich ihn an und teilte ihm mit, dass ich für eine Weile alleine sein wollte. Er solle sich keine Sorgen machen. Er akzeptierte meinen Wunsch.

Einige Zeit war bereits vergangen und die Prüfung rückte immer näher. Ich spürte, wie meine innere Anspannung wuchs. Das Gefühl, die wichtigen Themen immer noch nicht verstanden zu haben, machte mich unsicher. Ich blieb stundenlang wach und lernte. Bestimmte Sachen, die mir nicht geläufig waren, versuchte ich irgendwie auswendig zu lernen. Plötzlich erhielt ich eines Spätnachmittags beim Lernen eine Flut von SMS von einer mir unbekannten Handynummer. Die Nachrichten fingen an mit «Hey, du Hure, wo treibst du dich rum? Ich will dich jetzt …» bis hin zu übelster sexueller Anmache.

«Du, ich glaube, er schlägt wieder zu.»

«Wer denn?»

«Na, wer wohl? Schau mal hier.» Ich übergab Yvonne das Handy. Sie wurde ganz still, schließlich sagte sie: «Versuch, die Nachrichten zu ignorieren, du kannst dir jetzt nicht erlauben, alles zu vermasseln, wofür du die ganze Zeit hart arbeitest. Erst, wenn du in einer Woche die Prüfung geschrieben hast, kannst du ihn damit konfrontieren. Jetzt machst du erst mal gar nichts.»

Ich folgte ihrem Rat, aber der Absender ließ nicht locker. Ich bekam jeden Tag mindestens zwanzig Terror-SMS, die meine Nerven strapazierten.

★ ★ ★

Endlich waren die schriftlichen Prüfungen geschrieben. Es wurde im Laufe der Tage mitgeteilt, wann man sich vor dem Prüfungsausschuss zur mündlichen Prüfung einfinden sollte. Das war derselbe Tag, an dem später bekannt gegeben wurde, wer die Prüfung bestanden hatte und wer nicht.

Dieser Tag war für uns alle anstrengend, für mich einer der Horrortage meines Lebens. Ich zweifelte oft daran, dass ich weitere sechs Monate den Psychoterror von Hans durchstehen würde. Denn durch die Prüfung zu fallen, bedeutete, noch ein halbes Jahr bei ihm bleiben zu müssen, bis zur Wiederholungsprüfung.

Meine Anspannung war kaum auszuhalten. Mir war übel vor Aufregung. Am Nachmittag mussten wir alle der Stunde der Wahrheit, der Ergebnisverkündung, ins Auge blicken. Alle schwiegen und keiner sagte auch nur ein Wort. Die Bekanntgabe der Ergebnisse erfolgte nach dem Alphabet und wir wurden einzeln in das Zimmer gerufen. Für mich hieß es, länger zu warten und zu bangen, bis ich an der Reihe war, denn mein Familienname stand fast am Ende der Namensliste. Jedes Mal, wenn ein Name laut gerufen wurde, bekam ich zunehmend Herzklopfen.

Ich erlebte die Reaktionen mancher Leidensgenossen, nachdem sie aus dem Zimmer kamen. Manche waren sehr glücklich und andere waren enttäuscht und weinten, weil sie es offensichtlich nicht geschafft hatten. Als mein Name aufgerufen wurde, raste mein Herz wie verrückt. «Lieber Gott, ich vertraue dir, bitte lass mich nicht hängen, ich will nicht mehr zurück zu Hans. Lieber Gott, sei auf meiner Seite!»

Im Zimmer standen fünf Mitglieder vom Prüfungsausschuss in einer Reihe. Daneben stand auch unsere Klassenlehrerin. Ich schaute direkt zu ihr und sie nickte nur mit dem Kopf, aber dieses Zeichen verstand ich in dem Moment nicht. Einer der Prüfer trat vor, in der rechten Hand hielt er ein Stück Papier. Er reichte mir die Hand: «Herzlichen Glückwunsch, Sie haben es geschafft» und übergab mir mein vorläufiges Zeugnis. Ich konnte mein Glück kaum fassen. Am liebsten wäre ich weggerannt, weit weg, vielleicht in den Wald, um einen lauten Schrei loszuwerden. Yvonne freute sich an diesem Tag so sehr, als wäre es ihr eigener Geburtstag.

Nach vier Tagen Auszeit vom Alltag war ich bereit, meinen Ausbilder über den Erfolg persönlich zu informieren. «Mädchen, enttäusch mich nicht!» Das waren Worte unseres überraschend verstorbenen Abteilungsleiters. Diese Worte haben mich während der gesamten Ausbildungsjahre begleitet und es machte mich traurig, dass er nicht mehr lebte. Ich konnte mir lebhaft ausmalen, wie sehr er sich für mich gefreut hätte. Leider gab es aber auch einige wenige Kollegen, die weniger an mich geglaubt hatten. Als ich das Gebäude betrat, sah ich schon, wie ein Kollege auf mich zukam: «Na, wie war es? Haben Sie die Prüfung bestanden?», fragte er neugierig.

«Ja, habe ich.» Mit überraschter Miene gratulierte er mir, aber irgendwie merkte ich, dass es nicht ehrlich gemeint war. Er ging in das Büro nebenan und klopfte.

Als die Kollegin die Tür aufmachte, sagte er: «Frau Jakobi, wundern Sie sich nicht, sie hat es doch geschafft.»

Während er die für ihn und seine Kollegin überraschende Botschaft verkündete, merkte er nicht, dass ich direkt hinter ihm stand.

## 14

Es war mal wieder an der Zeit für ein gemeinsames Wochenende mit Masai in Wiesbaden. So stand ich, wie jeden Samstag, früh auf und erledigte den Haushalt ehe ich das Haus verließ. Ich meldete mich nachmittags bei Masai, um ihr mitzuteilen, dass ich das Wochenende bei ihr verbringen würde. Ich bat Hans um Erlaubnis, sein Auto am Wochenende benutzen zu dürfen. Er willigte ein und sagte: « Kein Problem». Ich verbrachte ein intensives und wunderbares Wochenende mit meiner Schwester.

Am Sonntag gegen Abend verabschiedete ich mich von ihr und ging zu dem Platz, an dem ich das Auto abgestellt hatte. Doch es war nicht mehr da. Geschockt und verzweifelt suchte ich minutenlang überall in der Umgebung nach dem Auto, ohne Erfolg. Ich brach in Tränen aus.

«Hast du etwas vergessen? Du weinst ja, was ist los?», fragte Masai, als ich wieder vor ihrer Tür stand.

«Das Auto steht nicht mehr da, wo ich es gestern geparkt habe.» Masai eilte aus ihrer Wohnung und lief mit mir wieder zurück zum Parkplatz. «Bist du dir ganz sicher, dass du es hier geparkt hast?»

«Ja, Masai. Ich parke das Auto immer hier, wenn ich dich besuche, das weißt du doch!» Ich lief hin und her und schaute nochmal in alle möglichen Richtungen, um mich zu vergewissern, dass ich mich doch nicht getäuscht hatte. Aber es gab keine Spur vom Auto. Ich bekam Panik und fragte mich, wie ich Hans erklären sollte, dass sein nagelneues Auto einfach so verschwunden sei.

«Akoth, beruhige dich erst einmal. Vielleicht wurde das Auto abgeschleppt.»

«Nein, das kann nicht sein, Masai. Ich habe das Auto genau hier und ordentlich geparkt. Außerdem ist heute Sonntag und das Ordnungsamt ist nicht im Dienst.»

Nach kurzer Überlegung schlug Masai vor, Hans anzurufen, bevor ich den Diebstahl bei der Polizei melde.

«Was soll das denn bringen? Er wird doch eh nur Ärger machen.»

«Der Mann hat dir schon mal einen solchen Streich gespielt. Erinnerst du dich noch, wie du das alte Auto in Mainz-Kastel in Richtung Norden geparkt hattest und er es in Richtung Süden umparkte? Also ruf ihn an!»

Ich bereute es sehr, mit dem Auto nach Wiesbaden gefahren zu sein.

«Hans, ich befürchte, Dein Auto ist gestohlen worden», sagte ich zögernd.

«Wie meinst du das? Wo hast Du es geparkt?»

«Auf demselben Parkplatz, den ich immer nutze, wenn ich meine Schwester besuche. Hast du etwas damit zu tun?»

«Nein!», schrie er. «Schau zu, wie du mein Auto wiederfindest.» Er legte auf. Ich stand ratlos da und hatte mittlerweile vom Weinen rote, geschwollene Augen.

«Masai, ich muss jetzt die Polizei anrufen.» In dem Moment, als ich die Nummer der Polizei wählen wollte, rief mich Hans an.

«Ich habe das Auto oben auf dem Hügel geparkt!» Dann legte er auf. Der Hügel, von dem er sprach, befand sich 600 Meter entfernt. Er war extra mit dem Fahrrad von Mainz nach Wiesbaden gefahren – wahrscheinlich machte es ihn an, mich derart zu quälen.

★ ★ ★

Es war an der Zeit, meine Sachen in Yvonnes Wohnung zusammenzupacken und wieder nach Hause zurückzukehren. Ich nahm mir vor, mit Hans über die SMS-Nachrichten zu sprechen. Aber als ich zu Hause ankam, war er nicht da. Nachdem ich meine Reisetasche im Arbeitszimmer abgestellt hatte, ging ich in die Küche, schenkte mir ein Glas Sekt ein und setzte mich ins Wohnzimmer.

Im Fernsehen lief die Daily Soap «Reich und Schön». Gegen 20 Uhr fuhr Hans sein Auto in die

Garage und kam durch die Hintertür ins Wohnzimmer.

«Oh, du bist wieder da, wie geht es dir?», sagte er überrascht.

«Gut und dir?»

«Ich habe mir Sorgen gemacht, ich dachte, du würdest nicht mehr zurückkommen. Wo warst du denn?» Ich ignorierte seine Frage, denn ich wusste, dass sie nicht ehrlich gemeint war.

«Du, während ich weg war, bekam ich anstößige SMS-Nachrichten von einer unbekannten Handynummer.»

«Was sind denn das für Nachrichten? Lass mal sehen.» Er nahm das Handy und las die Nachrichten, dann sagte er ohne großes Interesse: «Auf solche Nachrichten brauchst du nicht zu reagieren.»

«Jemand schreibt mir abscheuliche Sachen und alles, was du mir sagen kannst, ist, ich soll sie ignorieren? Es muss dir doch klar sein, dass die Person psychisch gestört ist, oder nicht?»

«Akoth, sei nicht so hysterisch! Wenn du nicht darauf antwortest, wird dir schon nichts passieren.»

«Ach, hysterisch bin ich also? Woher willst du denn wissen, dass mir nichts passieren wird? Hast du vielleicht etwas damit zu tun?»

«Um Gottes Willen, wie kannst du nur so etwas von mir denken?»

In einem plötzlichen Wutanfall riss ich ihm das Handy aus der Hand und lief erst einmal ziellos im Haus herum. Eine Zeit lang zerbrach ich mir den Kopf darüber, was der Verfasser mit diesen

Textnachrichten erreichen wollte. Dann schloss ich mich im Arbeitszimmer ein und ließ die Rollos runter. Aber in der Dunkelheit bekam ich panische Angst, denn ich konnte die Gedanken des Absenders nicht lesen, ich wusste nicht, was er als Nächstes tun würde. Wer, wenn nicht Hans, sollte diese Nachrichten verfasst haben? Und wie sollte eine fremde Person überhaupt an meine Telefonnummer kommen?

Am nächsten Tag traf ich mich nach Feierabend mit einem guten Freund, der bei einer Kriminalbehörde arbeitete. Ich erzählte ihm von den mysteriösen Nachrichten.

«Das hört sich nach einem Psychopathen an», sagte er nachdenklich. «Normalerweise, wenn solche Dinge passieren, geraten zuerst diejenigen Personen, die einem sehr nahestehen, in Verdacht.»

«Ja, da hast du wahrscheinlich recht. Zu Beginn hatte ich auch den Verdacht, dass es Hans sei, aber konkrete Beweise gegen ihn habe ich nicht. Gestern reagierte er kalt und wies jede Schuld von sich, als ich ihn mit dem Vorfall konfrontierte – eine Reaktion, die mich sehr verletzt hat. Weißt du, was mir am meisten Angst macht? Dass ich nicht weiß, wer dahintersteckt. Was soll ich nur tun, Nico?» Mir kamen die Tränen. Ich legte die Hände auf den Tisch und senkte meinen Kopf.

«Akoth», sagte Nico, während er mir ein Taschentuch gab und dann meine Hand hielt. «Es bricht mir das Herz, dich so hilflos zu sehen, aber eins musst du unbedingt tun. Du musst Hans gründlich, aber vorsichtig durchchecken, irgendetwas stimmt hier nicht. Es ist schon so viel Ungutes bei dir vorgefallen, in das er involviert war, und in diesem Fall kann auch alles möglich sein. Außerdem solltest du dir gut überlegen, ob du eine Anzeige bei der Polizei gegen Unbekannt erstatten willst.»

Ich blieb zwei Stunden mit Nico im Restaurant. Er versuchte, mich mit anderen Themen abzulenken und zu trösten. Für einige Zeit funktionierte sein Ablenkungsmanöver, aber als wir uns trennten, wurde ich von der Realität wieder eingeholt. Nico hielt mich in seinen Armen fest und verabschiedete sich mit einem Kuss auf meine Wange. «Liebes, ruf mich jederzeit an, wenn du mich brauchst, okay?» «Danke, das ist lieb von dir.»

★ ★ ★

Ich saß in einer Ecke im Garten und las bei strahlend blauem Sonnenschein einen Roman. Hans hatte einen Tag zuvor seinen sonnenverwöhnten Garten in eine echte Wohlfühloase verwandelt. Der Garten war breit und lang, am Ende begrenzt mit dunklen smaragdgrünen, blickdichten Thujen. Der Geruch von frisch gemähtem Gras wirkte entspannend auf mich und ich fühlte mich wohl. Meine Aufmerksamkeit wurde auf ein niedliches Eichhörnchen gelenkt, das auf einen Walnussbaum kletterte. Ich legte meinen Kopf zurück und las weiter, aber ich konnte mich nicht konzentrieren und wurde immer wieder durch die Gedanken an die Vorkommnisse der letzten Monate abgelenkt. Wie aus dem Nichts wurde meine Entspannung durch neue Nachrichten des Unbekannten gestört. Ich legte das Buch auf meinen Stuhl, eilte zu Hans ins Haus und berichtete ihm, dass ich wieder Nachrichten bekommen habe.

«Wann wurden sie denn verschickt?»

«Gerade eben!»

Er starrte ins Leere und tippte abwesend mit seinen Fingern an sein Kinn. «Das ist merkwürdig», seufzte er nur. «Lass mich erst mal überlegen, was wir dagegen tun können.»

Während ich neben ihm stand, antwortete ich dem Absender: «Wer bist du? Was willst du?» Er merkte das und verschwand ins Schlafzimmer. Ich bekam keine Antwort, ging wieder in den Garten und wartete darauf, dass der Typ mir antwortet, aber es kam nichts.

Es wurde gerade dunkel, als ich einen Anruf von Alisha erhielt. «Hi, wie läuft es bei dir?»

«Es geht so, ich habe viele Sachen, die ich auf der Arbeit erledigen möchte, aber irgendwie habe ich keine Lust, hinzugehen. Ich habe gerade wieder eine SMS von diesem kranken Typen erhalten und das macht mich nervös.»

«Genau, deswegen wollte ich unbedingt mit dir reden. Kannst du bitte heute noch zu mir kommen?»

«Oh, ich weiß nicht so recht. Es ist schon spät.»

«Du kannst deine Kleider für morgen mitbringen und bei mir schlafen, dann kannst du von hier aus direkt zur Arbeit gehen.»

«Das ist eine gute Idee, ich bin schon auf dem Weg.» Ich verabschiedete mich von Hans und ging. Als Alisha mich an der Tür begrüßte, sah ich ihr an, dass sie etwas bedrückte.

«Geht es dir gut? Du siehst irgendwie sehr ernst aus!»

«Komm mit in die Küche, ich erzähle es dir gleich.»

«Ist alles in Ordnung?», fragte ich, als ich mich setzte.

«Nein, es ist nicht alles in Ordnung», sagte sie mit trauriger Miene, während sie mir Rotwein einschenkte. «Ich bekomme seit gestern auch diese perversen Nachrichten, die du kriegst.»

Ich musste fast würgen und hustete stark. «Lieber Gott, lass es bitte nicht wahr sein.» Während sie redete, gab ich mir die Schuld, sie in Gefahr gebracht zu haben. Ich konnte es nicht fassen, dass auch sie ins Visier des Übeltäters geraten war.

«Hm, wenn, ich nur darauf kommen könnte, wie es ihm gelungen ist, an deine Nummer zu kommen», dachte ich laut nach.

«Das ist ganz einfach, Akoth. Du weißt, dass ich seit vorgestern eine neue Handynummer habe, stimmt's?»

«Ja, ich weiß.»

«Die Nummer habe ich bis jetzt nur dir mitgeteilt.»

«Dieser Mistkerl!», schrie ich.

Er muss sich ihre Nummer notiert haben, als ich in der Dusche war. Ich konnte mich noch sehr gut erinnern, mein Handy im Flur liegen gelassen zu haben. Ich hätte vor Wut platzen können, mir kamen unkontrolliert die Tränen. Ich fühlte mich erschöpft, am liebsten hätte ich meine Sachen auf der Stelle gepackt und Deutschland verlassen. Aber dieser Gedanke zog wieder rasch an mir vorbei wie eine Wolke, denn ich war froh, bei meinem Ausbilder eine Arbeitsstelle gefunden zu haben, so dass ich meine Mutter und meine jüngste Schwester unterstützen konnte.

«Akoth, beruhige dich, denk dran, du musst morgen arbeiten. Du weißt ja, wir Kenianer zeigen es nicht gerne, wenn wir Sorgen haben und gestresst sind. Du musst dich beherrschen, wenn du nicht zum Stadtgespräch werden willst.»

Ich war sehr dankbar, dass Alisha mich zu sich gerufen hatte, denn ich wusste nicht, was passiert wäre, wenn sie mir diese Neuigkeit am Telefon verkündet hätte. Hans war unberechenbar, mir fehlten die Worte, um seine Person zu beschreiben.

★ ★ ★

Ich saß geistesabwesend in meinem Büro. Meine
Gedanken drehten sich nur darum, wie ich Hans
heute Abend zur Rede stellen könnte. Ich hatte
Kopfschmerzen und massierte meine Schläfen, um
sie zu lindern. Alles, was bis jetzt passiert war,
konnte ich nur schwer verkraften. Ich fühlte mich
hundeelend und hatte keine Kraft mehr, den ganzen Tag im Büro zu sitzen. Meine Chefin kam rein
und bat mich, etwas zu erledigen.
«Ja, mache ich», antwortete ich und tat, als wäre ich
total motiviert. Dabei hatte ich nicht einmal verstanden, was sie genau von mir wollte und vergaß
ihre Bitte erst einmal. Der Tag wollte einfach nicht
enden. Kurz vor Mittag meldete sich auch noch ein
Kollege am Telefon und fragte mich, ob ich Lust
auf ein gemeinsames Mittagessen hätte. Zwar hatte
ich einen Bärenhunger, aber ich wollte doch lieber
in Ruhe gelassen werden. Dankend lehnte ich sein
Angebot ab und starrte in Gedanken vertieft eine
Zeit lang reglos auf meinen Bildschirm. Nachdem
ich mich wieder aufgerappelt hatte, schaute ich auf
die Uhr. Es war inzwischen kurz nach halb vier und
ich hatte immer noch nichts Produktives gemacht.
Ich räumte mein Büro auf und machte mich auf
den Nachhauseweg.
Hans saß am Esstisch im Wohnzimmer und las Zeitung, als ich reinkam. Schon allein sein Anblick ließ
mich nur noch Hass empfinden. Er stand auf, kam
auf mich zu und gab mir einen Kuss auf die Stirn.

«Akoth, beherrsche dich», sagte ich mir.

«Ich wollte Spaghetti Bolognese machen, isst du mit?», fragte er mich mit einem Lächeln.

«Gerne, danke.» Im Arbeitszimmer zog ich mich um und blieb ein paar Minuten auf dem Bett liegen. Am liebsten wäre ich dort liegen geblieben, ging aber nach oben zum Abendessen. «Sagst du's ihm jetzt, oder wartest du lieber bis später? Iss doch lieber erstmal etwas, du brauchst die Kraft. Außerdem musst du mit allem rechnen, wie er auf die Auseinandersetzung reagieren wird. Der Typ ist unberechenbar.»

Beim Essen sagte keiner etwas. Ich vermied jeglichen Blickkontakt, dann unterbrach Hans die Stille:

«Warum isst du denn so ungewöhnlich schnell, ist irgendwas?» Ich ignorierte seine Frage und aß weiter.

«Hat sich dein Verehrer wieder gemeldet?» Darauf antwortete ich nicht, ich spürte, wie ich innerlich vor Wut kochte. «Dieses Schwein!» Mein Puls wurde schneller und ich zitterte, ich fühlte mich elend. «Lass ihn bloß nicht merken, was mit dir gerade passiert», warnte ich mich selbst. Ich stand schnell auf, widmete meine ganze Aufmerksamkeit dem schmutzigen Geschirr. Im Anschluss nahm ich ein Glas Wasser und ging ins Wohnzimmer. Er folgte mir.

Noch stand ich mit dem Wasser in meiner rechten Hand, als er weitere Fragen stellte.

«Sag mal, was ist los mit dir? Ich habe dich gefragt, ob dein Verehrer sich noch mal bei dir gemeldet hat und ich bekomme keine Antwort. Warum?»

«Ja, er hat sich gemeldet.»

«Wann denn?»

«Gestern Abend.»

«Was hat er dieses Mal geschrieben?»

«Er hat sich nicht bei mir gemeldet, sondern bei Alisha.»

«Das geht jetzt aber zu weit, wie kommt er überhaupt an Alishas Nummer?»

Diese verlogene Reaktion schockte mich so sehr, dass ich nichts sagen konnte. Dennoch gelang es mir, irgendwie die Konversation mit ihm weiterzuführen.

«Was willst du mit deinen Fragen erreichen?»

«Ich bin doch dein Ehemann und will dir nur helfen.»

«Helfen», wiederholte ich und lachte laut. «Für wie dumm hältst du mich eigentlich? Ich will jetzt sofort wissen, ob du mir die Nachrichten geschickt hast oder nicht!», forderte ich ihn energisch auf.

«Nein, habe ich nicht! Sag mal, spinnst du jetzt total? Ich habe dir doch schon mal gesagt, dass du mich mit solch perversen Machenschaften nicht in Verbindung bringen sollst!»

«Hans, ich frage dich zum letzten Mal, denn in wenigen Minuten gehe ich zur Polizei und erstatte Anzeige.» Für einen Moment wirkte er nervös, ich merkte, wie er rot im Gesicht wurde, seine Miene verfinsterte sich und dann sagte er leise:

«Tu es nicht, ich war es.»

In einer Kurzschlussreaktion habe ich ihm das Wasser ins Gesicht geschüttet. Ich merkte, wie ich zum Tier wurde und ging brüllend auf ihn los. Aber mit meinen fünfzig Kilo hatte ich natürlich keine Chance gegen diesen Teufel. Er packte mich und stieß mich auf das Sofa. Als ich auf dem Bauch lag, saß er mit seinem ganzen Gewicht auf mir. Meine beiden Hände hielt er mit seiner linken Hand fest, den rechten Arm legte er mir um den Hals und würgte mich.

Ich rang schwer atmend nach Luft und wurde schwächer und schwächer. In diesem Augenblick sah ich den Tod vor meinen Augen. «Mama, wo bist du? Ich brauche dich. Wenn er mich in diesem fremden Land umbringt, wird er definitiv dafür sorgen, dass mich keiner findet. Mama, ich will dich wiedersehen. Herr, erbarme dich.»

«So, du Hure, das nächste Mal, wenn du mich angreifst, bringe ich dich um. Und wenn du mich verlässt, wirst du es dein Leben lang bereuen, mich kennengelernt zu haben.» Dann ließ er los.

★ ★ ★

Ich weinte jede Nacht, manchmal auch während des Tages und es wurde immer schwerer, nach außen die Maske einer glücklichen Frau zu tragen. In meinem Innern war ich bereits eine gebrochene Frau. Meine Seele sehnte sich so sehr nach Freiheit, nach einem friedlichen, glücklichen Neubeginn. Ich war total erschöpft. «Du musst dich irgendwie von diesen Höllenqualen befreien. Aber was ist, wenn er seine Drohungen wirklich wahrmacht und mir noch mehr das Leben zur Hölle auf Erden macht?» Zur Arbeit wollte ich in diesem Zustand vorerst nicht gehen. Ich meldete mich krank und verbrachte die ganze Woche fast nur noch im Bett.

## 15

Eines Tages teilte mir Hans mit, dass er nach Kenia in Urlaub fliegen wolle. Ich glaubte, nicht richtig verstanden zu haben. «Nochmal: Wohin willst du fliegen?», fragte ich verwundert.

«Nach Kenia», wiederholte er.

«Warum nach Kenia?»

«Hörst du schlecht? Ich will Urlaub machen. Du bist ja noch nie mit mir dorthin geflogen», warf er mir vor. «Warum wohl?»

«Und wann hast du vor zu fliegen?»

«Übermorgen.»

«Wieso denn so kurzfristig? In welchem Hotel wirst du übernachten?», fragte ich interessiert.

«Lass das meine Sorge sein, okay?»

«Wie lange?»

«Zwei Wochen.»

Sein hässliches Gesicht zwei Wochen lang nicht mehr jeden Morgen ertragen zu müssen, war für mich das größte Geschenk, das der liebe Gott mir machen konnte. «Ich kann dich zum Flughafen fahren und auch abholen, wenn du magst», bot ich an.

«Ja, gerne.»

Ich wollte absolut sicher sein, dass er tatsächlich fliegen würde. Als der Tag kam, verabschiedete er sich mit einer Umarmung.

«Ruf mich an, wenn du angekommen bist.»

«Mache ich.» An der Passkontrolle zeigte er seine Reisedokumente vor und ging durch den Sicherheitscheck, anschließend verschwand er hinter der Glastür. Ich stand sehr lange am Abfluggate, um sicher zu sein, dass er nicht doch zurückkommt. Er war weg und die Sonne schien für mich, als er mich am nächsten Morgen mit einer kenianischen Nummer anrief.

Nach meiner Rückfahrt vom Flughafen ging ich direkt ins Arbeitszimmer und die Suche nach einer kleinen Wohnung begann. Auf der Webseite einer Immobilienfirma entdeckte ich eine Anzeige: «Zwei-Zimmer-Wohnung, fünfundvierzig Quadratmeter, in Wiesbaden-Biebrich ab sofort zu vermieten.» Für mich kam die Anzeige genau richtig. Ich schrieb die Eigentümerin an und ein Besichtigungstermin wurde schnell vereinbart. Als ich die Wohnung betrat, wollte ich sie um jeden Preis haben. Mir war egal, in welchem Zustand sie sich befand, das sagte ich aber der Vermieterin nicht. Sie durfte ja nicht erfahren, dass vor ihr eine verzweifelte Frau stand.

«So, junge Dame, das ist die gesamte Wohnung, die Ihnen ab sofort zur Verfügung stehen könnte, falls Sie die Wohnung mieten möchten. Gefällt sie Ihnen?», sagte sie abschließend.

«Ja, absolut!»

«Haben Sie noch Fragen?»

«Ja, welche Unterlagen brauchen Sie für den Vertragsabschluss?»

«Ich benötige Kopien Ihrer Gehaltsabrechnungen der letzten drei Monate, Ihren Arbeitsvertrag und eine Kaution in Höhe von neunhundertfünfzig Euro.»

«Alles klar, ich melde mich möglichst bald bei Ihnen», sagte ich, während ich mich verabschiedete. Bis auf die Kaution hatte ich alles. Das Geld, das ich im August noch übrig hatte, hatte ich für das Schulgeld meiner kleinen Schwester ausgegeben. Ich überlegte, wer mir das Geld leihen könnte und rief Masai an. Sie sagte mir ohne zu zögern sofort zu, das Geld vorzustrecken, nachdem ich erklärt hatte, dass ich so mit Hans nicht mehr leben wollte und konnte.

Am selben Nachmittag fuhr ich nach Mainz zurück und ging direkt in das Arbeitszimmer, um die Unterlagen aus dem Ordnerschrank zu holen. Als ich den Schrank aufmachte, fiel ein merkwürdiger Zeitungsartikel aus dem Regal. Ohne ihm große Aufmerksamkeit zu schenken, hob ich ihn vom Boden auf und legte ihn wieder in den Schrank. Mit den Gehaltsabrechnungen und dem Arbeitsvertrag machte ich mich schnell auf den Weg nach Wiesbaden-Biebrich, getrieben von dem Gedanken, die Wohnung zu bekommen.

«Das ging aber schnell», sagte die Vermieterin, als ich bei ihr auftauchte.

«Ja, ich will nicht, dass jemand mir die Wohnung wegschnappt.»

«Vielen Dank, ich werde Ihre Unterlagen prüfen und rufe Sie dann in zwei Tagen an, damit wir die Wohnungsübergabe machen können.»

Die Aussicht auf eine eigene Wohnung beflügelte mich, ich bekam Lust auf einen guten Rotwein und ein leckeres Essen. Ich drehte die Musik laut auf und tanzte, sprang, klopfte auf die Bratpfanne und drehte mich im Kreis zu Sarafinas Soundtrack «Freedom is coming, tomorrow» und «The Lord's prayer», während ich an meinem Rotwein nippte und mir zwei große Hirschsteaks mit Johannisbeersoße zubereitete.

Plötzlich fiel mir wieder der merkwürdige Zeitungsartikel ein, der im Arbeitszimmer auf den Boden gefallen war. Ich wurde neugierig, ließ alles stehen und ging ins Arbeitszimmer. Als ich mir den Artikel genauer anschaute, konnte ich kaum glauben, was ich da las. Es war eine Anzeige: «Junge, liebevolle Kenianerin, fünfundzwanzig Jahre alt, 1,64 m groß, sucht eine nette Dame für eine feste lesbische Beziehung …» Es wurden weitere Angaben darin gemacht, die genau zu meiner Person passten. «O mein Gott! Das bin doch ich! Der Kerl ist völlig durchgeknallt!» Mir wurde heiß und ich spürte gleichzeitig einen unangenehmen Schauer, der mir über den Rücken lief. Jetzt brauchte ich frische Luft, ich öffnete das Fenster weit. Anschließend schaute ich mich weiter im Zimmer um, lief hin und her, ohne zu wissen, ob ich ausrasten oder weinen sollte. «Er war zu weit gegangen! Was konnte diesen Scheißkerl zu diesem Schritt bewogen haben?»

★ ★ ★

Fragen über Fragen kamen auf, ich suchte nach Fehlern bei mir selbst, aber ich fand keine plausible Erklärung. Ich nahm alle Ordner aus dem Schrank, platzierte sie auf dem Schreibtisch und fing an, jeden einzelnen zu überprüfen, fand aber nichts weiter. Ganz oben rechts in der oberen Schublade stand noch ein einziger Ordner, den ich fast übersehen hätte.

Ich kletterte auf den Bürostuhl und erschrak, als mir ein Stapel loser Papiere entgegenflog. Es sah aus, als ob Hans mit der Ablage noch nicht fertig war, aber er legte die Papiere trotzdem in den Ordner, um die Arbeit vielleicht später zu erledigen. Ich rückte den Schreibtisch zurecht und ließ mich auf den Stuhl fallen.

Mit einem unwohlen Gefühl nahm ich den Stapel und blätterte ihn durch. Total entsetzt stellte ich fest, dass Hans meine E-Mails auch kontrollierte, selbst die, die ich auf Suaheli verfasst hatte, ließ er wortwörtlich übersetzen! «Aber wie kommt er an die E-Mails? Ich habe doch ein sehr sicheres Passwort?», fragte ich mich. Und ich war sprachlos, dass es auf den Zeitungsartikel Antworten von Frauen verschiedenen Typs gab, die er per Post in meinem Namen beantwortete. Hans wusste, dass ich nicht gerne zum Briefkasten ging und so war es seine Aufgabe, den Briefkasten zu leeren. «Hmm, wenn ich immer zum Briefkasten gegangen wäre, hätte er das hier vielleicht nicht so weit getrieben», bereute ich.

Es fiel mir ein, dass ich, seitdem Hans weggeflogen war, nicht am Briefkasten gewesen war. Ich fand tatsächlich einen an mich adressierten Brief ohne Absender und ohne Poststempel vor. Er enthielt ein einzelnes Blatt Papier: «Akoth, warum meldest du dich nicht mehr bei mir? Habe ich dir etwas getan? Wir haben uns doch so gut verstanden! Bitte melde dich …, deine Melanie.» Alles war unheimlich, mir stockte der Atem.

«Du, ich bin kurz davor, einen Mord zu begehen», sagte ich, als Yvonne den Telefonhörer abnahm.

«Was ist denn passiert?»

Ich erzählte ihr, was geschehen war. «Kannst du mir vielleicht erklären, wie er überhaupt an meinen E-Mail-Account gekommen ist?»

«Heutzutage leben wir in einer hoch technologisierten Welt, in der alles, was unmöglich scheint, doch möglich gemacht werden kann.»

«Das ist doch armselig!»

«Akoth, du musst mir versprechen, die Polizei einzuschalten, bevor die Situation eskaliert.»

«Ich glaube, das wird nicht mehr notwendig sein. Ich warte auf den Anruf meiner Vermieterin, dann bin ich sowieso in ein paar Tagen weg und zwar für immer.»

«Meinst du, er lässt dich dann in Ruhe?»

«Hoffe ich doch!»

★ ★ ★

Am 27. Juli 2006 teilte mir die Vermieterin mit, dass ich meinen Mietvertrag unterschreiben könne. «Holen Sie die Wohnungsschlüssel ab, Sie können bereits am 29. Juli einziehen, falls Sie möchten.» Welch ein Glück! Den Wohnungsschlüssel in der Hand zu halten, war für mich wie ein Lottogewinn. Freiheit. Lebensfreude. Unabhängigkeit. Ab heute wird mir Hans nicht mehr auf die Nerven gehen. In diesem Moment war ich so glücklich, dass ich die Frau geküsst hätte, wenn sie in meiner Nähe gewesen wäre. An diesem Tag begrüßte ich jeden Nachbarn, der mir begegnete und die positive Aura, die ich dabei ausstrahlte, hatten sie, glaube ich, bei mir noch nie erlebt.

Mein Umzug war total unkompliziert. Außer meinen Schulzeugnissen, meinem Pass, drei Handtaschen, Klamotten und meinem Auto nahm ich nichts mit.

Alles, was sich in Hans' Haus befand, gehörte ihm und ich hatte kein Recht, etwas mitzunehmen, nicht einmal einen kleinen Teelöffel. Meine neue Wohnung stand vollkommen leer und ich freute mich darauf, sie einzurichten. Ich hatte schon die ersten Ideen und war stolz, dass ich diesen Schritt gewagt hatte.

«Hier werde ich zur Ruhe kommen, mir ein schönes Nest bauen», nahm ich mir vor. «Mein

Fernseher wird hier stehen, meine Kommode dort, und meine Zimmerpflanzen werde ich in der ganzen Wohnung verteilen. Einen Luftbefeuchter wegen der trockenen Heizungsluft und einen provisorischen Kleiderständer bräuchte ich auch unbedingt.»

Nun konnte ich endlich alles tun und lassen, was ich wollte. Ein derartiges Gefühl von Freiheit verspürte ich nie zuvor.

★ ★ ★

Seit dem letzten Telefonat mit Hans wehrten sich meine Gefühle dagegen, für ihn telefonisch erreichbar zu sein. Trotzdem fragte ich mich ständig, was er während seines Urlaubs unternimmt. Diese Gedanken verschwanden aber ziemlich schnell als sich schlechte Gedanken in meinem Kopf verbreiteten und ich anfing, Gespräche mit mir selbst zu führen. «Meinst du, er kann deiner Familie etwas Böses antun?» «Nein, glaube ich nicht. Er ist viel zu schlau, um eine Straftat in Kenia zu begehen. Die kenianische Polizei würde ihn doch nicht einfach so wieder nach Deutschland ausreisen lassen. Eigentlich kann es dir eh egal sein, was der Psychopath macht. Denke lieber an deine Zukunft, du hast genug gelitten. Außerdem hätten dir deine Eltern bestimmt Bescheid gegeben, falls er dort aufgetaucht wäre.»

★ ★ ★

Inzwischen waren die zwei Wochen verstrichen und es trennten Hans nur noch zehn Stunden Flugzeit vom Frankfurter Flughafen. Ich stand am Samstagmorgen früh auf, fuhr von Biebrich nach Mainz und putzte das Haus gründlich. Unmittelbar darauf nahm ich den Zeitungsartikel, die E-Mails und alle Briefe, die er zuvor in meinem Namen verfasst und beantwortet hatte, legte sie in eine neutral aussehende Sammelmappe und platzierte sie auf einem der oberen Küchenschränke und machte mich auf den Weg zum Flughafen.

Im Exit-Bereich fand ich einen perfekten Warteplatz, etwa drei Meter von den anderen Menschen entfernt, die offensichtlich aus dem gleichen Grund hier waren wie ich. Allerdings mit dem Unterschied, dass sie sich alle sehr auf die Ankunft eines Angehörigen freuten. Das konnte ich aus ihrem Verhalten schließen. Einige hatten Blumensträuße in der Hand, andere hielten große Namensschilder und tauchten mit lustigen Plakaten auf.

Und dann gab es Leute, die wie ich, nichts dabeihatten und doch glücklicher aussahen als ich. Ich staunte sehr, als ein deutscher Mann auf mich zukam und mit mir einen Small Talk auf Suaheli begann. In seiner rechten Hand hielt er ein Schild. Darauf war «Karibu nyumbani» «Willkommen zu Hause» zu lesen. Er hatte es für seine Freundin gefertigt, die sich in Kenia sozial engagierte. Interessanterweise fand ich seinen deutschen Akzent so schön, dass ich ihm viele Fragen stellte, nur um ihn reden zu hören.

Während der Mann weitersprach, schaute ich auf die Infotafel und erfuhr, dass die Maschine vor einer Minute gelandet war. «Wer weiß, was Hans hier wieder für eine dramatische Szene machen wird, wenn er mich mit diesem Mann reden sieht», dachte ich.

«Entschuldigen Sie bitte, dass ich Sie unterbreche, aber ich muss dringend auf die Toilette», log ich, um einer peinlichen Situation zu entgehen.

«Ich habe mich sehr gefreut, mich mit Ihnen zu unterhalten.»

«Dito!»

«Kwaheri» «Auf Wiedersehen!».

Die ersten Passagiere kamen schon nach wenigen Minuten raus. Als Hans durch das Gate kam, sah er in meinen Augen noch hässlicher aus als vorher. Sein Gesicht war rot wie ein gekochter Krebs und noch faltiger als sonst. Abgenommen hatte er auch kein bisschen. «Er muss sich permanent nur in die Sonne gelegt und mit Essen vollgestopft haben», dachte ich. Er umarmte mich mit einer komischen Fröhlichkeit – so, als wäre in der Vergangenheit zwischen uns nichts Dramatisches passiert. Ich bekam ein mulmiges Gefühl, aber ich erwiderte trotzdem die Umarmung. Für mich war es eine Umarmung zum Abschied und zwar hoffentlich für immer.

«Wie geht es dir?»

«Gut! Hast du deinen Urlaub genossen?»

«Ja, mich fanden viele Frauen sexy», sagte er mit einem bestialischen Lachen.

«Du meinst, sie fanden deinen Geldbeutel sexy?» Und – schwupp! – war die blöde Angeberei vorbei. Er fuhr fort:

«Am Strand von Mombasa waren auch noch diese ekelhaften Affen, sie gingen mir ständig auf den Sack. Alle wollten mir etwas verkaufen, sogar mein T-Shirt von Lacoste wollten sie haben.»

«Wenn du nur wüsstest, dass Lacoste den Kenianern egal ist, würdest du deinen stinkenden Mund halten», dachte ich. «Du meinst die Beachboys. Sie sind auch Menschen», antwortete ich verärgert.

«Es ist mir doch so was von egal, ob sie Menschen sind oder von sonst irgendwoher stammen. Für mich sehen sie alle wie Affen aus.»

«Ja und du hast auch gerade einen Affen neben dir sitzen. Ich muss jetzt fahren und mich konzentrieren», beendete ich das Gespräch.

Ich hatte eine Vereinbarung mit mir selbst getroffen und mir vorgenommen, mich nicht mehr von Hans provozieren zu lassen. Diesen Gefallen würde ich ihm heute und in Zukunft nicht mehr tun. Während der Fahrt dachte ich an die Briefe und an alles, was er mir angetan hat. Nur der liebe Gott wusste, wie zornig und wütend ich auf diesen Mann war. Noch ein klitzekleiner dummer Kommentar und ich würde auf der Stelle explodieren! Kurz vor neun Uhr abends waren wir bei Hans angekommen. Ich parkte das Auto seitlich vor dem Tor und log, dass ich noch kurz wegfahren müsse, um etwas zu erledigen. Er stellte keine Fragen. «Aber vorher helfe ich dir natürlich, die Koffer ins Haus zu bringen», bot ich an.

Wir brachten die Sachen ins Haus und dann ging ich ins Wohnzimmer und ließ heimlich die Tür zur Garage einen winzigen Spalt offen. Ich ging in die Küche, wo Hans konzentriert seine Post durchschaute. «Ich habe Essen vorbereitet, hast du Hunger?»

«Nein danke, später vielleicht.»

Mit jeder Sekunde, in der er seiner Post Aufmerksamkeit schenkte, wurde ich unruhiger. Ich lehnte mich an den Türrahmen, kreuzte meine Arme bequem über der Brust, stampfte leise mit dem rechten Fuß und schaute ihm dabei schweigend zu. «So, lass jetzt die Bombe platzen, komm schon Akoth, sag es und verschwinde von hier so schnell wie du kannst», drängte mich eine innere Stimme. Diese Worte erklangen immer wieder in meinem Kopf wie in einer Endlosschleife und ich merkte, wie meine Geduld mehr und mehr auf die Probe gestellt wurde. Ich ging zum Küchenschrank, holte die Mappe und drückte sie fest an die Brust. In der Küchentür blieb ich wieder stehen und drehte mich zu Hans um.

«Ich werde ab heute nicht mehr hier wohnen», sagte ich mit fester Stimme.

«Wie? Hast du einen Lover?», fragte er, während er seine Post auf den Tisch fallen ließ.

«Ich möchte nicht mehr mit dir leben. Das tut mir nicht gut.»

«Wo willst du denn hin? Du bist noch nicht mal fähig, für dich selbst zu sorgen!»

Zu diesem Kommentar sagte ich nichts, aber er sah, dass mein Blick sehr ernst wurde und er wusste, dass ich keinen Spaß machte.

«Du verlässt mich also?»

«Ganz genau.»

«Was habe ich dir denn getan? Hast du vergessen, dass wir verheiratet sind?»

Er tat wie immer so, als wäre er an der ganzen Situation unschuldig. Dabei wusste er genau, dass er mich damit auf die Palme bringen konnte. Aber dieses Mal riss ich mich zusammen. «Hans, verheiratet zu sein, bedeutet nicht, dass man zum Eigentum wird. Du terrorisierst mich und ich halte es nicht mehr aus. Außerdem war diese Ehe sowieso von Anfang an zum Scheitern verurteilt. Sie basierte auf Lügen und es war nicht zu erwarten, dass etwas Gutes dabei rauskommen würde. Such dir eine andere Frau, die zu dir passt. Ich bin definitiv nicht die richtige Person, mit der du den Rest deines Lebens verbringen solltest.»

«Hast du vergessen, wo du herkommst und was ich alles für dich getan habe?»

«Nein, habe ich nicht, aber das gibt dir noch lange nicht das Recht, mich ständig zu belügen, zu erniedrigen und mir das Leben zur Hölle zu machen.»

Sein Gesicht war tiefrot. «So nicht! Du wirst nirgendwo hingehen, du Schlampe. Nicht nach allem, was ich für dich getan habe.»

Als er aufstand, hatte er die Hände zu Fäusten geballt. Er machte einen Schritt nach vorne und blieb plötzlich stehen. Ich bekam Panik, aber ich ermahnte mich innerlich, ruhig zu bleiben. Aber er kam immer näher. Mit kleinen Schritten lief ich rückwärts, bis ich diesen schrecklichen Schlag spürte.

Hans hatte mich mit einem gewaltigen Faustschlag in den Bauch geboxt. Ich schrie, keuchte und bog mich vor Schmerzen. Die Mappe rutschte mir aus der Hand und der Inhalt lag verstreut auf dem Boden. Hans sammelte die Papiere auf und während er sie überrascht ansah, hielt ich mir schützend den Bauch und schleppte mich zur Tür. Im Garten sackte ich zusammen.

Die Schmerzen waren so heftig, dass ich dachte, ein Teil meines Körpers sei von mir weggerissen worden. Mein Magen drehte sich noch, als Hans mir in den Garten nachlief. In der Hand hielt er die Mappe.

«Wage es nicht, mich nochmal zu schlagen. Ich werde so laut schreien und die Nachbarn werden endlich erfahren, was du für ein Monster bist!»

Als er wieder zurück ins Haus ging, rappelte ich mich auf und fuhr nach Biebrich. Ich schluckte Paracetamol und legte mich auf die Luftmatratze. «Hoffentlich hat der Schlag keine Folgen.»

## 16

Der nächste Tag in Biebrich fühlte sich bereits wie ein Neubeginn an. Am Rheinufer war alles lebendig. Die Sonne schien und ich spürte eine angenehme Wärme auf meiner Haut. An manchen Stellen waren Blumen gepflanzt, die traumhaft dufteten. Kleine glückliche Kinder spielten am Wasser und andere fütterten mit ihren Eltern Enten. Die Stadt füllte sich im Laufe des Tages mit vielen Besuchern aus aller Welt.

Auf der anderen Seite des Rheins stand eine japanische Reisegruppe mit Kameras. Sie knipsten alles, was ihnen vor die Linse kam. Vor dem Eiscafé am Rhein bildete sich eine lange Schlange. Die Eisdiele war so beliebt, dass man eine halbe Stunde Wartezeit in Kauf nehmen musste, bis man sein Eis bestellen konnte. Dann gab es Leute, die einfach nur faul in der Sonne lagen. Andere gingen spazieren oder fuhren Fahrrad. Hobbywanderer bereiteten sich erwartungsvoll auf ihren Tag am Rheinsteig vor.

Ich hatte das Glück, dass mein Arbeitgeber mir kurzfristig eine Woche Urlaub genehmigt hatte. Für mich war es eine Woche der intensiven

Selbstmeditation. Ich machte längere Spaziergänge und joggte jeden Morgen am Rhein entlang. Es war unbeschreiblich schön zu spüren, wie die Kraft der Natur meinen Körper und meinen Geist verzauberte, ich fühlte mich sehr lebendig, wie neugeboren. Zweimal fuhr ich in den Ober-Olmer Wald und schickte ein paar Sonnengebete in den Himmel. Mir wurde richtig warm und mein Kreislauf kam auch in Schwung. Ich konzentrierte mich und atmete positive Energie ein und negative aus. Jeder Hauch meines Atems war fast sichtbar.

Meine Gedanken ließ ich für einen Augenblick an mir vorüberziehen, ich spürte die Stille in mir. «Ab hier und jetzt wirst du dich mit dem nächsten Kapitel deines Lebens beschäftigen», versprach ich mir. «Du wirst mit deiner Vergangenheit abschließen. Du kannst nicht am Rad der Zeit drehen und sie noch ändern. Willkommen in der Gegenwart und in der Zukunft!»

Je mehr ich mich mit mir selbst beschäftigte, desto mehr wurde mir bewusst, dass mir eine der größten Herausforderungen in meinem Leben, nämlich mich selbst zu erkennen und wahrzunehmen, bevorstand. Ich war bereit, diese Herausforderung anzunehmen. «Es gibt kein Zurück mehr. Du musst dein Leben lebenswert machen. Es ist viel zu kurz, um dich mit Menschen zu umgeben, die dein Glück und deine Energie aus dir heraussaugen.»

Etwa drei Monate waren vergangen und ich erhielt eine E-Mail von Hans. Er schrieb, dass er meine Adresse dringend bräuchte. Angeblich gäbe es einen sehr wichtigen Brief für mich, den er mir auf dem Postweg zukommen lassen wolle. Ich antwortete, dass ich den Brief nach der Arbeit abholen würde. Auf meine Antwort reagierte er nicht, trotzdem beschloss ich, nach Feierabend bei ihm vorbeizuschauen. Ich klingelte am Tor und es kam ein «gebrochener» Hans aus dem Haus. Seine Augen sahen rot aus, als hätte er geweint, aber das ließ mich kalt.

«Wo ist der Brief, den du mir schicken wolltest?»

«Erst mal einen wunderschönen guten Tag!»

Ich wollte zurückgrüßen, brachte aber kein Wort heraus, zu viel war vorgefallen. Meine Stimme war einfach weg. «Kannst du mir bitte den Brief geben, ich habe nicht viel Zeit, um hier rumzustehen.»

«Es gibt keinen Brief.»

«Sag mal, warum hast du mich verarscht?»

«Ich vermisse dich, Akoth».

In meinen Ohren klang das wie eine Beleidigung.

«Tschüss!» Dieser Trottel hat mich umsonst hierherkommen lassen! Ich drehte mich verärgert um und lief zur Bushaltestelle.

★ ★ ★

«Frau Sewe, an Ihrem Auto war ein ganz komischer Mann. Er stand sehr lange dort, lief hin und her und um das Auto herum. Es kam mir so vor, als würde er das Auto gründlich untersuchen. Mir wurde dabei sehr komisch, aber ich bin trotzdem zu ihm hingegangen, um zu fragen, was er da tut.

Er reagierte sehr überrascht, als sei er auf frischer Tat ertappt worden. Er antwortete, dass er wohl das Recht hätte, sich sein Auto anzuschauen. Ich sagte ihm, dass das Auto Ihnen gehöre und forderte den Mann auf, die Tiefgarage sofort zu verlassen.»
Frau Sonnenschein war eine Kollegin aus dem Sicherheitsdienst. Sie hatte an diesem Nachmittag Dienst und kam wie gewohnt erst nach der Mittagspause zur Arbeit. Eine Zeit, in der Hans wohl nicht damit gerechnet hatte, dass jemand in der Tiefgarage sein könnte und «sein Recht» infrage stellen würde.

Während sie mir von dem Ereignis berichtete, wurde mir die Situation unangenehm. Ich überlegte, was ich ihr antworten sollte. Mit Sicherheit wusste ich, um wen es sich bei dem «komischen Mann» handelte. Aber auf gar keinen Fall wollte ich mich jetzt verplappern.

«Vielen Dank für die Info, Frau Sonnenschein.» Ich wollte das Gespräch rasch beenden und verschwinden. Als ich die Tür zum Gebäude aufmachen wollte, sagte sie:

«Also, Frau Sewe, glauben Sie mir, ich fühlte mich unwohl bei der Begegnung mit diesem Mann. So etwas müssen Sie schon ernst nehmen. Wenn Sie wollen, können Sie Ihr Auto auf der anderen Seite der Tiefgarage parken. Dort sind alle Kameras funktionsfähig und wir können rund um die Uhr alles beobachten».

«Vielen Dank, das werde ich auf jeden Fall tun.» Ich merkte, dass Frau Sonnenschein mit meiner

Reaktion nicht zufrieden war. Möglicherweise ahnte sie sogar, dass etwas an der Sache faul war. Sie hatte bestimmt mit einer anderen Reaktion von mir gerechnet. Vielleicht mit mehr Angst, Wut oder Entsetzen? Ich geriet in Verlegenheit und war gleichzeitig sauer, dass Hans mich nun auf die Arbeit verfolgte.

«Hans, das nächste Mal, wenn du auf meiner Dienststelle auftauchst, musst du mit der Polizei rechnen. Das Auto wird ab morgen überwacht. Sei gewarnt!»

«Ich wollte doch nur nachschauen, ob du eines der Fenster offengelassen hast, damit ich die Scheidungspapiere reinwerfen kann.» Wieder dachte er, dass ich wohl doof genug sei, ihm zu glauben. Ich legte auf.

★ ★ ★

Nach diesem Vorfall häuften sich weitere merkwürdige Zwischenfälle und mein Verdacht, dass etwas nicht stimmte, erhärtete sich. Mitten in der Nacht wurde ich von einem lauten, erschreckenden Geräusch an meinem Schlafzimmerfenster aus dem Schlaf gerissen. Ich bekam Angst, und ich konnte mein Herz laut und schneller schlagen hören. Stocksteif blieb ich mit weit geöffneten Augen im Bett liegen und betete, dass kein Einbrecher in die Wohnung eingedrungen war. Ich wartete, dass etwas passiert, aber nichts geschah. Die Nacht war für mich vorbei, ich konnte kein Auge mehr zumachen.

Am nächsten Morgen öffnete ich die Jalousien und schaute vorsichtig durch das Fenster. An der Scheibe war ein großer Riss. Jemand hatte vermutlich einen Stein gegen das Fenster geworfen. Ich verständigte die Vermieterin, die sich umgehend um die Sachbeschädigung kümmerte.

Meine Wohnung erschien mir nach einiger Zeit irgendwie verändert. Etwas störte mich, aber noch wusste ich nicht was es war. Ich wollte weder an Gespenster noch an Voodoo glauben. Einbilden wollte ich mir auch nichts. Ich hatte den Eindruck, dass während meiner Abwesenheit jemand in meiner Wohnung rumschnüffelte. Immer wieder verschwanden Sachen. Mein Bikini war nicht mehr zu finden, den hatte ich doch gestern noch an den Kleiderständer gehängt? Zwei Taschen und noch andere Kleinigkeiten waren wie vom Erdboden verschluckt. Mir wurde mulmig zumute. Einmal schlief eine Freundin von Yvonne bei mir. Ein paar Tage, nachdem sie gegangen war, vermisste ich auch eine Bluse. Fast hätte ich sie beschuldigt, aber ich hatte natürlich keinen Beweis und ließ die Sache ruhen.

Es war in der Mittagspause, als mein Handy klingelte.

«Hallo, Akoth, wie geht es dir?» Es war eine männliche, etwas hoch klingende Stimme. Ich konnte mich nicht erinnern, dass ich jemals eine solche

Stimme gehört habe. Ich war höflich und fragte, wer am Telefon sei.

«Ich bin's, Johnny.»

«Bitte, wer?»

«Na, Johnny, wir kennen uns doch.»

«Ich glaube nicht, dass ich jemanden kenne, der Johnny heißt. Wie kann ich Ihnen helfen?»

«Ich wollte fragen, ob du Lust hast mit mir essen zu gehen.»

«Sorry, nein danke!» Ich legte auf. «Was war das denn?», wunderte ich mich.

Ich erzählte Alisha von dem Telefonat. Sie meinte nur, dass der Anrufer sich geirrt haben müsste.

«Aber woher kannte er meinen Namen?» Sie beendete das Gespräch. «Na ja, vielleicht war das nur ein kleiner harmloser Streich», dachte ich mir.

★ ★ ★

Am Samstag war ich in Mainz-Weisenau bei Alisha zum Abendessen eingeladen. Als ich dort ankam, waren auch andere Freunde von ihr da. Es gab reichlich Essen und Getränke. Alle waren sehr gut gelaunt, die Musik lief im Hintergrund und die Leute unterhielten sich ausgelassen miteinander. Es war laut. Das Abendessen war serviert und alle hatten gut gegessen. Nach dem Essen gingen die Gespräche weiter. Roberto kam zu mir und meinte, dass er mich neulich angerufen hätte, aber ich hätte aufgelegt.

«Ich hatte dir gesagt, dass ich Johnny wäre.»

Da erkannte ich die Stimme und konnte es nicht glauben.

«Aber dein Name ist doch Roberto. Warum hast du dich denn als Johnny ausgegeben?»

«Dein Alter hat gesagt, ich solle ein bisschen mit dir spielen. Du würdest darauf stehen.»

«Hat er dir meine Nummer gegeben?»

«Ja, ich sollte dich fragen, ob du Lust auf einen heißen Abend mit mir hättest.»

Ich konnte es kaum glauben. Mir wurde übel.

«Wenn du mir nicht glaubst, dann frag doch Alisha. Sie wusste Bescheid.»

«Moment mal. Hast du gerade Alisha gesagt?»

«Richtig!»

Man konnte mir den Schock ansehen, ich stotterte nur noch. «A-lisha. Sa-g mir, d-dass es n-nicht wahr ist, was dieser Typ hier sagt!» An ihrem Verhalten konnte ich erkennen, dass sie nicht damit gerechnet hatte, dass die Wahrheit auf diese Art und Weise ans Licht kommen würde. Sie stand reglos mit einem Bierglas in der Hand in ihrer Küche und sagte nichts. «O mein Gott! Etwas fühlt sich hier total falsch an. Ich muss hier raus!»

Ich hatte doch vor Kurzem über diesen Anruf mit Alisha gesprochen und sie versicherte mir, dass dieser Johnny spinne! Also wusste sie über alles Bescheid und hatte es nicht für notwendig gehalten, mich zu warnen! Hatte sie vielleicht eine böse Seite, die ich nicht kannte? Was steckte dahinter? Wie konnte sie mich nur so hintergehen? Als meine beste Freundin war sie doch diejenige, der ich am meisten hatte vertrauen können.

Ich fuhr enttäuscht nach Biebrich zurück und konnte immer noch nicht glauben, was ich gerade erlebt hatte.

★ ★ ★

Eines Morgens fühlte ich mich zu erschöpft, um zur Arbeit zu gehen. Ich rief beim Personalreferat an, meldete mich krank und legte mich wieder ins Bett. Es dauerte nur wenige Minuten, bis ich wieder eingeschlafen war.

Plötzlich wurde ich von einem ratternden Geräusch an meiner Eingangstür geweckt. Ich blickte auf die Uhr. Es war kurz nach neun. Zuerst dachte ich, es sei nur Einbildung und schlief weiter. Wieder ratterte es an der Tür. Als ich genauer hinhörte, wurde das Geräusch immer deutlicher.

«Bitte, Gott, lass es keinen Einbrecher sein.» Ich hörte, wie die Tür sich öffnete und jemand hereinkam. Mein Herz hämmerte wie wild. Ich war zu verängstigt, um mich zu bewegen, dennoch gelang es mir irgendwie, die Decke über den Kopf zu ziehen. Durch einen Spalt beobachtete ich, was geschah und wartete mit weit aufgerissenen Augen auf meinen Tod. Ich hörte leise, aber zugleich kräftige Schritte in Richtung Wohnzimmer kommen, welches sich direkt neben dem Schlafzimmer befand. Die Tür, die beide Zimmer verband, stand weit offen. Mit jedem Schritt des Einbrechers war es mir, als würde mein Herz jeden Moment zerspringen. «Lieber Gott, ich weiß, dass ich im Leben vieles falsch gemacht habe, aber bitte bestraf mich nicht mit dem Tod. Nicht hier und nicht jetzt!»

Die kräftige Männergestalt blieb mitten im Wohnzimmer stehen. Dann drehte sich der Eindringling um und ging zu der Kommode, die vom Schlafzimmer aus zu sehen war. Sein Gesicht konnte ich nicht erkennen, denn er trug eine Kapuze, die er sich tief ins Gesicht gezogen hatte. Er öffnete die erste Schublade und begann, den Inhalt zu durchwühlen, als suche er nach etwas Bestimmtem. Dann hielt er inne, zog die Kapuze vom Kopf und drehte sich zum Schlafzimmer um. Ich wollte schreien, aber ich konnte nicht. Mir gefror fast das Blut in den Adern, als er mit großen Schritten auf mich zukam. Nun erkannte ich ihn. Es war Hans! Blitzartig und voller Wut sprang ich aus dem Bett. Woher ich die Kraft nahm, kann ich bis heute nicht sagen. Hans erschrak und ging zwei Schritte zurück. Wie Hans meine Adresse herausfinden konnte, weiß ich bis heute nicht, es ist nur eine Vermutung. Wahrscheinlich hat er mich heimlich verfolgt und auch die Tagesabläufe meiner Hausbewohner lange beobachtet. Hans hätte alles Mögliche mit mir anstellen können. Dass ich ausgerechnet an diesem furchtbaren Tag nicht arbeiten war und unverletzt blieb, grenzt an ein Wunder.

«Hans, wie bist du hier reingekommen?»

«Die Tür war auf.»

«Lügner!» Ich wurde schrecklich wütend und innerhalb von Sekunden hörte ich mich selber laut schreien: «Verlass sofort meine Wohnung! Geh raus! Los, geh jetzt! Verschwinde, du Psychopath!» Er drehte sich um und als er zur Tür ging, lief ich ihm schreiend hinterher. «Du Schwein!» Der Schock saß tief. Ich schloss die Tür und ließ mich direkt dahinter auf den Boden sinken.

Während ich noch kraftlos dasaß, erinnerte ich mich an seine Worte, über die ich mich neulich sehr empörte. In einer E-Mail schrieb er mir, dass er wüsste, warum ich am Sonntag im St.-Josefs-Hospital war. «Das geht dich nichts an», schrieb ich zurück. Ich fragte ihn, woher er wüsste, dass ich im Krankenhaus war. Er meinte, dass es in dem Krankenhaus einen Professor gäbe, der ihm alles erzähle. Aber ich weiß doch, dass Ärzte der Schweigepflicht unterliegen! Also musste er die Information woanders herhaben, aber woher? «Ich werde immer wissen was du tust, egal, wo du bist», schrieb er. Der Dreckskerl verfolgte mich. Dann dachte ich an die Kommode. Erst jetzt wurde mir klar, dass der Psycho meine Sachen gestohlen hatte. «Er kann sie behalten», sagte ich mir.

Ich spielte mit dem Gedanken, Hans bei der Polizei wegen Einbruchs anzuzeigen, aber etwas bremste mich. Ich wollte diesem Menschen in meinem Leben einfach nicht mehr begegnen.

★ ★ ★

«Wow! Du lieber Himmel! Du hast deine Wohnung aber sehr schön eingerichtet!», sagte Sofia, als sie meine neue Wohnung zum ersten Mal betrat.

«Danke, fühl dich wie zu Hause.» Sie schaute sich in der Wohnung um und ließ sich anschließend auf die Couch fallen. Ich holte den Champagner, der inzwischen auf acht Grad perfekt gekühlt war und schenkte uns etwas davon ein.

«Auf einen neuen Anfang!»

«Prost, meine Liebe.»

«Hmm, der ist aber lecker!»

«Finde ich auch.»

«Wo hast du ihn gekauft?»

«Es war ein Geschenk von einer Freundin und ich dachte, er passt gerade ganz gut zu diesem Anlass.» Mit ihren dreiundzwanzig Jahren war Sofia eine richtige Partymaus. Sie tanzte für ihr Leben gern und besuchte jedes Wochenende, manchmal sogar an beiden Tagen, die umliegenden Diskotheken. Eines Samstags überredete sie mich, sie zu begleiten. Ich muss zugeben, dass ich an jenem Abend großen Spaß hatte. Ich tanzte meine Sorgen weg und lernte auch rasch einen sehr netten, attraktiven jungen Mann kennen. Aufgrund seines super gepflegten äußeren Erscheinungsbildes war er mir bereits beim Betreten der Diskothek aufgefallen. Unsere Blicke trafen sich völlig unerwartet, als ich für Sofia und mich Sekt an der Theke bestellte. Er lächelte mich an und ich lächelte etwas verlegen zurück.

Sofia und ich vergnügten uns auf der Tanzfläche, als der DJ unerwartet «Hungry Eyes» von Eric Carmen spielte. Plötzlich berührte etwas meine rechte Schulter. Ich drehte mich um und war überrascht. Der Mann, der mich an der Theke angelächelt hatte, stand direkt hinter mir und streckte mir seine Hand entgegen.

«Mein Name ist Sebastian. Darf ich um diesen Tanz bitten?» Ich warf einen Blick auf Sofia, die mir vergnügt ihr Okay gab und zurückging zu ihrem Platz. Noch stand ich da. Ich war noch unentschlossen, ob ich mich wirklich auf einen Tanz mit diesem charmanten Unbekannten einlassen sollte. Dann nahm er meine linke Hand und hielt sie fest in seiner rechten. Seinen linken Arm legte er um meine Taille und ich wiegte mich mit ihm zum Takt der Musik.

Unser Tanztempo wurde immer langsamer und ich spürte, wie unsere Körper sich eng aneinanderschmiegten. Mir wurde so warm ums Herz, dass ich alles um mich herum vergaß. Die Musik rückte in weite Ferne. Der Takt verlor sich und ich spürte eine berauschende Sehnsucht, die Lippen dieses geheimnisvollen Mannes mit meinen zu berühren. Dann ließ der Fremde meinen Arm los und glitt langsam mit seiner nun freien Hand meinen Arm hinauf zu meiner Schulter.

Er drückte meine Schulter sanft, ein-, zweimal. Dann bewegte er seine Hand zu meinem Nacken.

Er zog mich näher an sich ran, dann sah ich nur noch, wie er seinen Kopf senkte und seine Augen schloss. Alles, was er tat, gefiel mir und erwartungsvoll schloss ich auch meine Augen. Als unsere Lippen sich fast berührten, wurden wir plötzlich von Sofia aus dem schönen Traum geweckt:

«Schatz, ich weiß, dass du dich gerade sehr amüsierst, aber es ist Zeit, nach Hause zu gehen.»

★ ★ ★

«Was ist eigentlich aus dem hübschen Kerl geworden, mit dem du in der Disko fast gesündigt hast?», fragte Sofia neugierig, als wir unseren Champagner weiter genossen.

«Ich fand es überhaupt nicht schön, dass du uns gestört hast», antwortete ich ihr etwas irritiert.

«Sei froh, dass ich dich von dem fremden Mann getrennt habe, sonst hättest du prompt eine Anzeige wegen Erregung öffentlichen Ärgernisses an der Backe gehabt und ich wäre nicht bereit, dich im Gefängnis zu besuchen.»

«Der hat mir noch am selben Abend eine Nachricht auf mein Handy geschickt – wie kam er eigentlich an meine Nummer?»

«Die habe ich ihm gegeben, als du auf der Toilette warst. Eigentlich solltest du dich bei mir bedanken, dass ich dir geholfen habe, so einen hübschen Kerl zu ergattern.»

«Danke, Sofia!», seufzte ich.

«Habt ihr euch nochmal getroffen?»

«Ja, du bist aber ganz schön neugierig.»

«Nein, deine Freundin ist nur interessiert.»

«Aus uns wird nix.»

«Warum das denn? Du bist doch jetzt ein freier Mensch und der Kerl ist echt heiß. An deiner Stelle würde ich …»

«Sofia, hör auf zu fantasieren», unterbrach ich sie.

«Also, wir waren zwei Tage nach unserem heißen Tanz in der Diskothek, um etwas zu trinken, aber ich fand ihn leider doof. Ich glaube nicht, dass ich ihn wiedersehen möchte.»

«Und was ist aus dem unerledigten Kuss geworden?»

«Nix. Das war nur Balsam für die Seele. Kannst du dir vorstellen, dass der Kerl mich gefragt hat, ob es in Kenia überhaupt Zeitungen gibt?»

«Wie bitte?» Sofia erschrak und hustete nur noch vor lauter Lachen.

«Was hast du ihm denn geantwortet?»

«Dass wir immer noch wie unsere kenianischen Vorfahren auf Trommeln, Hörner und Rauch angewiesen sind, um miteinander zu kommunizieren. Er wurde richtig traurig und hatte Mitleid mit mir. Dann nahm er meine Hand in seine und sagte: «Du Arme! Es muss doch sehr schwer für dich hier in Deutschland sein. Die ganze Technik und so. Wie findest du dich hier überhaupt zurecht?» Ich dachte mir nur – « … ich arme Sau»

Sofia bekam Lachkrämpfe und lag schon mit tränenden Augen auf dem Boden, so sehr musste sie lachen.

«Also, Sofia, mit so einem Deppen möchte ich nicht zusammen sein. In welchem Jahrhundert leben wir denn gerade? Du hast ja seine Nummer, von mir aus schnapp ihn dir ruhig.»

Sofia überredete mich, es doch mit Sebastian zu versuchen. Aber kaum waren wir richtig zusammen, entpuppte er sich als in sich selbst verliebter Narzisst. Er verbrachte viel Zeit mit dem Pflegen seiner äußeren Erscheinung und im Fitnessstudio. Selbst um ein einfaches Gel in seine Haare zu schmieren, brauchte er mehr als eine halbe Stunde. Abends, wenn wir ausgingen, diktierte er mir, welche Klamotten ich anzuziehen hatte und welche nicht.

In meinem tiefsten Inneren fühlte ich mich in dieser Beziehung nicht wohl. Noch einmal ins Unglück zu stürzen, kam für mich nicht mehr infrage. Ich machte nach nur acht Wochen Schluss.

★ ★ ★

Hans ließ mich auch in Biebrich weiterhin nicht in Frieden. Deshalb entschloss ich mich erneut umzuziehen. Ich sehnte mich so sehr nach Ruhe und einem lebenswerten Leben. Also schickte ich eine ordentliche Kündigung an meine Vermieterin. Sie war sehr verärgert und meinte mich am Umzugstag belehren zu müssen.

«Ab heute werde ich keine Afrikanerin mehr ins Haus lassen».

«Wie bitte, was?! Was haben denn alle anderen Afrikaner und Afrikanerinnen mit mir zu tun?!» fragte ich entsetzt. Sie suchte nach allen möglichen Mängeln in der Wohnung.

«Der Boden ist verkratzt, die Spülmaschine funktioniert nicht mehr», sagte sie.

«Aber das war doch schon bei meinem Einzug so!»

«Nein, so war es nicht. Außerdem hatten Sie die Musik ständig laut aufgedreht und den Hof haben Sie auch nicht gefegt.»

Erst nach meinem Umzug und der Kontrolle meiner Kontoauszüge war mir klar, worauf sie mit Ihren Beschwerden hinauswollte. Sie hatte mir nämlich nur die Hälfte der Kaution zurück überwiesen. Aufgrund fehlender Wohnungsanmeldung bei der Meldebehörde konnte ich gegen sie nicht rechtlich vorgehen.

## 17

Fast drei Jahre waren seit meinem Umzug vergangen. Ich versprach mir, die Vergangenheit ruhen zu lassen. Mein größter Wunsch nach Normalität schien erfüllt zu sein, aber im Hinterkopf störte mich etwas. So endgültig frei war ich doch noch nicht, denn es gab noch eine letzte Hürde, die ich überwinden musste. Ich musste bald Kontakt zu Hans aufnehmen, um über die Scheidung zu sprechen.

Wir verabredeten uns zu einem Drink in einem der vielen Restaurants der Mainzer Innenstadt. «Hier fühle ich mich sicherer. Wenn er auf eine blöde Idee käme, könnten mir bestimmt andere Leute helfen.»

Als er kam, war ich doch überrascht zu erkennen, dass er sich mit der Trennung abgefunden hatte. Wir unterhielten uns Gott sei Dank ganz normal, und zum Schluss waren wir beide damit einverstanden, einen Scheidungsanwalt, den «er gut kennt», zu engagieren.

Was er mit dem Anwalt vorher besprochen hatte, war mir völlig egal. Ich war nur froh, dass ich nicht in seiner Kanzlei auftauchen musste. Hans wollte ja wie immer alles erledigen, weil er sich mit dem deutschen Recht angeblich «sehr gut auskennt.»

Es war im Oktober 2010, der Tag der Anhörung beim Amtsgericht. Als ich mich dem Gerichtssaal näherte, stand Hans mit dem Anwalt schon im Flur und sie unterhielten sich. Ich grüßte.

«Frau Sewe, schön, dass Sie pünktlich erschienen sind, wir müssen kurz hier warten. Es findet noch eine Verhandlung statt», unterrichtete mich unser Anwalt.

«Verstehe», erwiderte ich, ging ein paar Schritte zurück, und ließ die beiden allein. Kurze Zeit später wurden wir in den Gerichtssaal gerufen. Ich kann mich nicht mehr erinnern, wer am Prozess teilgenommen hat, aber ich glaube, es waren weniger als sieben Personen anwesend. Und ich war die Ruhe selbst, als es mit dem Scheidungsprozess losging.

Mit «Im Namen des Volkes …» eröffnete die Richterin die Verhandlung. «Frau Sewe, verstehen Sie Deutsch oder brauchen Sie einen Dolmetscher in englischer Sprache?»

«Nein, danke, geht schon.»

«Wunderbar.» Dann schaute sie zu Hans. Auf die Frage: «Herr Bösemann, wie alt sind Sie?», antwortete Hans mit energischer Stimme: «Fünf-und-sechzig-ein-halb.» Ups! Ohne es zu wollen, wiederholte ich laut: «Ein-halb!» und rollte dabei die Augen. Eine Reaktion, die bei den anderen Teilnehmern nicht unbemerkt blieb, aber mir war es in dem Moment sowieso gleichgültig. Das war nämlich wieder typisch Psycho. War das «Ein-halb» notwendig gewesen? «Hoffentlich geht dieses Affentheater hier so schnell wie möglich vorbei», dachte ich mir und so war es auch. Als die Richterin nach nur zehn Minuten das Ende der Ehe verkündete und die Sitzung beendete, eilte ich schnell wieder zurück ins Büro, ohne mich vom Anwalt zu verabschieden. Ich war ein freier Mensch! Ende gut, alles gut!

★ ★ ★

Alles, was einen Anfang hat, hat auch ein Ende – und meistens kommt nach dem Ende doch noch eine Fortsetzung. Also: Hans war nach der Scheidung hin und wieder mal nach Kenia geflogen – auch zu meiner Familie, aber davon wusste ich zum damaligen Zeitpunkt nichts. Besonders zu unserem Nesthäkchen Akimbo hatte er Kontakt gesucht und gefunden. Das habe ich lange nach der Scheidung eher zufällig erfahren, als ich meine zwei Jahre ältere Schwester LaWino angerufen hatte, um zu fragen, wann die Semestergebühren für ihren Sohn fällig wären.

Damals war LaWino alleinerziehende Mutter zweier Kinder. Ihr Leben war im Vergleich zu meinem härter und komplizierter. Ihr erstes Kind hatte sie schon sehr früh bekommen, als sie noch in der Primary School war. Etwa ein Jahr danach folgte das zweite Kind. Von dem Vater ihrer Kinder hatte sie sich getrennt und den Kontakt zu ihm abgebrochen, nachdem sie erfahren hatte, dass er bereits vier Kinder mit einer anderen Frau hatte.

Er schaffte es, dass die beiden Frauen nichts voneinander wussten. Da sie ca. 400 Kilometer voneinander entfernt wohnten, war es recht einfach, das Geheimnis zu bewahren. Die andere Frau lebte in Kibwezi und meine Schwester in Mnarani. In seiner Vorstellung fungierte LaWino als «zweite Frau».

In der kenianischen Kultur ist Polygamie bis heute noch üblich, aber LaWino gehört zu den Frauen, die diesen Lebensstil ablehnen und das wusste er. Sein Doppelleben kam erst ans Licht, nachdem er auf Vorschlag von LaWino ein Kindermädchen aus Kibwezi mitgebracht hatte. Das Kindermädchen sollte auf die beiden Kinder aufpassen, damit LaWino sich auf den Verkauf von Gemüse und Obst konzentrieren konnte. Das Kindermädchen verriet das Geheimnis, als der Mann wieder mal auf «langer Geschäftsreise» war. Alles lief mit dem Kindermädchen noch für eine Weile gut, bis der Mann es schwängerte. LaWino nahm ihre Kinder und kam zu unseren Eltern zurück.

Das Geschäft mit dem Verkauf von Gemüse und Obst lief auch nicht mehr gut, denn im Dorf gab es genug Konkurrenz. LaWinos Leben wurde mit jedem Tag härter. Dazu kam, dass der Mann keinen Pfennig Kindesunterhalt zahlte. Das bedeutete, dass Vater und Mutter auch noch die Enkelkinder unterstützen mussten. LaWino gab ihr Bestes, suchte überall nach Jobs. Sie war besonders traurig und enttäuscht von den Antworten, die sie von manchen Arbeitgebern in unserem Dorf und in Kilifi Town bekam:

«Du machst dich doch nur über uns lustig. Wir wissen doch, dass deine Schwestern in Deutschland sind. Wenn jemand Hilfe braucht, dann sind wir das. Für dich gibt es hier keinen Job.» Bestürzt und enttäuscht war sie auch, als sie eines Tages in unserer Kirche nach ein wenig Mais für ihre Kinder betteln musste. Sie wurde von zwei Kirchenfrauen weggeschickt und kam mit leeren Händen wieder nach Hause. Es brach mir das Herz, zu wissen, dass sie wegen ihrer Schwestern bestraft wurde für etwas, wofür sie nichts konnte. Und so ging ich samstags putzen, um ihre Not etwas zu lindern.

★ ★ ★

Ich wollte mein Telefonat mit LaWino gerade beenden, als ihr noch eine Sache einfiel, die sie mir unbedingt mitteilen wollte.

«Ach ja, hast du schon gehört?», fragte sie zögernd.

«Was gehört?»

«Naja, Akimbo …»

«Was ist mit ihr?»

«Sag bloß nicht, dass sie schwanger ist», dachte ich.

«Sie lebt seit zwei Wochen in Deutschland.»

«Wie? Das verstehe ich nicht. Bei wem und warum?» Dann ließ sie die Bombe platzen.

«Sie wohnt jetzt mit Hans zusammen.»

«Welchem Hans?»

«Mit deinem Hans.»

«Das ist doch ein Witz, oder?»

«Nein, ist es nicht. Wenn du mir nicht glaubst, dann ruf doch bei ihm zu Hause an.»

Ich war wie vom Blitz getroffen und hatte einen Kloß im Hals, war unfähig, irgendetwas zu sagen. Mir fielen auch keine weiteren Fragen mehr ein. Ich empfand einen unerträglichen Schmerz, der sich wie ein Stich ins Herz anfühlte. Meine Knie wurden schwach und ich zitterte am ganzen Körper. Tränenüberströmt lag ich hilflos auf dem Boden.

Noch saß der Schock tief, als ich gegen 17 Uhr bei Hans anrief. Ich hatte Angst um meine kleine Schwester und betete, dass sie in Sicherheit sei. Tausend Sachen gingen mir durch den Kopf. «Was, zum Teufel, macht sie bei diesem Wahnsinnigen? Das Mädchen muss schleunigst wieder zurück nach Hause.» Als Hans den Hörer abnahm, tat er so, als erkenne er meine Stimme nicht.

«Wer ist da, bitte?»

«Akoth, ich will mit Akimbo sprechen!»

«Wer ist da? Ich verstehe Sie nicht», provozierte er mich weiter. Dann sagte er: «Ich kenne keine Akoth» und legte auf. Ich rief nochmal an.

«Du Schwein, bring Akimbo sofort ans Telefon, sonst bekommst du es gleich mit mir zu tun.» Er lachte bestialisch in den Hörer, Sekunden später war Akimbo am Telefon. Als ich ihre Stimme tatsächlich hörte, brach für mich eine Welt zusammen. Verzweifelt sagte ich ihr, dass ich sie auf der Stelle abholen würde, um mit ihr zu sprechen.

«Da muss ich erst mal Hans fragen, ob es überhaupt möglich ist.»

Ich war entsetzt über diese Antwort. «Er kontrolliert sie jetzt schon.» Dann hörte ich, wie sie den Psycho um Erlaubnis fragte und ich kochte vor Wut. Hans befahl ihr im Hintergrund:

«Zieh dich an. Ich fahr dich hin.» Genau in dem Moment fiel mir die Quittung ein, die er drei Wochen zuvor bei mir in den Briefkasten geworfen hatte. Es war eine Quittung der Stadtverwaltung. Daraus war zu entnehmen, dass er für die Auskunft über meine Adresse bezahlt hatte! Ich schluchzte und dachte daran, dass ich mich über diese Quittung so geärgert hatte, dass ich gleich losfahren wollte, um ihm die Meinung zu sagen. Aber ich konnte mich gerade noch bremsen. «Tue es nicht. Genau das will er damit erreichen. Er hat Spaß daran, dich auf hundertachtzig zu bringen. Gib ihm diese Chance nicht», sagte ich mir.

Die Uhr lief für mich nicht schnell genug. Alles, was ich mit diesem grässlichen Menschen erlebte, was er mir angetan hatte, war wieder präsent. Und nun hatte er meine junge und naive Schwester in seiner Gewalt. Ich lief verzweifelt und gedankenlos in der Wohnung herum. «Du wirst es bereuen.» Jetzt wurde mir erst klar, was er mit seiner Drohung meinte. Ich hatte mit allen möglichen Racheaktionen gerechnet, aber diese teuflische Hinterlist überrumpelte mich total.

Das Klingeln riss mich aus meinen trüben Gedanken. Akimbo stand alleine vor der Tür. Das war die erste Begegnung mit ihr seit mehr als zwei Jahren. «O mein Gott!» Sie war schrecklich angezogen. Von Kopf bis Fuß trug sie Burberry – und andere teure Kleidungsstücke und Schuhe – ganz nach Hans' Geschmack. Ich dachte an meine scheußliche Garderobe von damals. «Lieber Gott, ich flehe dich an, mach, dass dieses Mädchen wieder nach Hause fliegt.»

Während sie noch an der Tür stand, überfiel mich ein ganz mulmiges Gefühl. Irgendetwas an ihr war unheimlich. Sie war mir fremd geworden und wirkte sehr distanziert und kalt.

«Es tut mir leid, Akimbo, aber bevor du hier reinkommst, muss ich dich und deine Tasche durchsuchen. Hans hat nämlich schon mal ein Abhörgerät in meiner Wohnung angebracht, als ich mit Freunden unterwegs war. Er verfolgte mich, ohne dass ich es merkte.» Sie ließ die Inspektion über sich ergehen, ohne sich dagegen zu wehren.

«Akimbo, wie kannst du mir das antun? Ich bin doch deine Schwester! Wie konntest du nur?»

«Akoth, ich habe heute nicht viel Zeit. Hans wartet draußen auf mich. Er hat gesagt, ich soll höchstens eine halbe Stunde hierbleiben. Wir gehen gleich Schmuck kaufen.»

«Du gehst nirgendwo hin, bis wir Einiges geklärt haben.» sagte ich

«Wenn du meinst …» antwortete Akimbo genervt.

«Ich möchte, dass du zurück nach Kenia fliegst. Ich werde alles tun, damit es dir dort gut geht. Du machst einen großen Fehler. Bitte, Akimbo, flieg zurück nach Hause.» Darauf reagierte sie gar nicht! Es war, als ob ich zu einem Baum sprechen würde. Sie verhielt sich so arrogant und seltsam, dass ich das Gefühl hatte, mit einer Fremden zu sprechen. Sie wirkte respektlos mir gegenüber.

Offensichtlich hatte Hans sie gründlich manipuliert. Sie war kalt und zeigte keinerlei Gefühle. Auf meine vielen Fragen bekam ich keine klaren Antworten. Keine Entschuldigung, einfach nichts. Ich wollte es einfach nicht wahrhaben, dass dasselbe Mädchen vor mir saß, für welches ich meine Abende und Wochenenden mit Babysitten verbracht habe, um ihr das Schulgeld bezahlen zu können.

Da ich nicht mehr wusste, wie ich sonst noch mit ihr reden sollte, musste ich sie irgendwie dazu bringen, ihren Mund aufzumachen. Ich rief Masai an.

«Was sagst du da?», fragte sie.

«Hast du gewusst, dass Akimbo seit zwei Wochen in Deutschland ist und bei Hans lebt?», wiederholte ich.

«Was?» Am anderen Ende der Leitung wurde es still. Es war offensichtlich, dass Masai auch unter Schock stand.

«Hallo? Bist du noch dran?»

«Ja. Ich bin zutiefst empört. Ich weiß ehrlich nicht, was ich sagen soll.»

«Gut, wir sind jetzt auf dem Weg zu dir, vielleicht kannst du mir dabei behilflich sein, sie zum Reden zu bringen, um aus diesem Mädchen schlau zu werden.»

★ ★ ★

Es war bereits dunkel, als wir uns auf den Weg nach Wiesbaden machten. Meine Wohnung hatte den typischen Haus-im-Haus-Stil, mit eigenem Vorgarten und Eingang auf der Rückseite des Hauses. Von der Hauptstraße trennte uns nur das Nachbarhaus auf der rechten Seite. Direkt vor meinem Eingangstor befand sich ein schmaler Gehweg. Ungefähr siebzig Meter von dem Eingangstor entfernt war ein öffentlicher Parkplatz. Um zum Parkplatz zu gelangen, musste man die Hauptstraße überqueren. Entlang der Hauptstraße waren abends meistens keine Menschen mehr zu sehen und es kamen auch selten Autos vorbei.
Hans stand mit eingeschaltetem Fernlicht immer noch auf dem Parkplatz und wartete auf Akimbo. Sein Auto hatte er so abgestellt, dass er jede Bewegung am Tor perfekt beobachten konnte. Das machte mich noch wütender. Wir liefen an seinem Auto vorbei, als hätten wir ihn nicht wahrgenommen. In Wiesbaden fiel ich Masai in den Arm und heulte bitterlich.
«Akimbo, willkommen, wie geht es dir?»
«Gut und selbst?», begrüßten sich die zwei, während sie sich umarmten. Masai hatte im Gegensatz

zu mir eine unglaubliche Selbstbeherrschung, die ich schon immer an ihr bewunderte. «Warum umarmt Masai sie jetzt, wo sie doch normalerweise mit ihr schimpfen müsste? Oder wusste sie auch über ihren hinterlistigen Plan Bescheid?» Ich ärgerte mich sehr darüber und war unsicher, ob ich ihr vertrauen sollte.

«Denke ja nicht, dass ich auf Akimbos Seite bin. Was sie getan hat, ist einfach sehr falsch und nicht zu akzeptieren», erklärte sie mir, als Akimbo auf der Toilette war.

«Masai, ich verstehe nur nicht, warum du in dieser Situation so ruhig bleiben kannst.»

«Eine von uns muss ruhig bleiben und versuchen, freundlich zu ihr zu sein und vernünftig mit ihr zu reden. Wenn ich jetzt auch noch ausflippe, dann wird sie total dichtmachen.»

«Gut, ich lege mich hin. Ich bin sehr erschöpft.»

«Das ist eine gute Idee, versuch dich zu beruhigen.» Am nächsten Morgen war ich erst halb wach, als Masai vor mir stand. Sie war beunruhigt.

«Die Kripo hat mir gestern Abend eine Nachricht auf dem Anrufbeantworter hinterlassen», berichtete sie.

«Warum die Kripo, was will sie?»

«Die sind auf der Suche nach Akimbo. Ich soll mich so schnell wie möglich bei ihnen melden.»

«Okay, mach mal den Lautsprecher an.» Uns war sofort klar, wer dahintersteckte.

«Akimbo, glaubst du uns jetzt, dass der Typ nicht normal ist? Er hat doch gesehen, dass du mit mir weggefahren bist und trotzdem meldet er sich bei der Kripo, um sich wichtig und uns Angst zu machen.» Akimbo sagte nichts dazu.

«Guten Morgen, hier spricht Frau Müller, ich soll mich bei Ihnen melden.»

«Vielen Dank für Ihren Rückruf, Frau Müller, wir sind auf der Suche nach einer Frau Akimbo Sewe, kennen Sie diese Person?»

«Ja, sie ist meine kleine Schwester.»

«Wissen Sie zufällig, wo sie sich aufhält?»

«Ja, sie hat bei mir übernachtet. Ist etwas passiert?»

«Kann ich sie bitte sprechen?»

«Natürlich.» Sie übergab Akimbo den Hörer.

«Hallo?»

«Spreche ich mit Frau Akimbo Sewe?», fragte der Kriminalbeamte auf Englisch.

«Ja.»

«Frau Sewe, geht es Ihnen gut?»

«Ja, mir geht es super!»

«Wo sind Sie gerade?»

«Ich bin bei meiner Schwester.»

«Frau Sewe, Ihr zukünftiger Ehemann, Herr Bösemann, hat sich gestern Abend bei uns gemeldet. Er macht sich große Sorgen um Sie.»

«Mir geht es gut.»

«Sie wissen, dass Sie volljährig sind und Ihre Entscheidungen selbst treffen können. Aber seien Sie bitte so nett und rufen Sie Herrn Bösemann an.»

«Ja, mach ich.»

«Auf Wiederhören.»

Ich war entsetzt. «Nee, das kann doch nicht wahr sein, Masai, oder? Zukünftiger Ehemann? Habe ich das richtig verstanden?», schrie ich fast. Masai stand wie eine Statue da.

«Akimbo, was geht hier vor?» Ihre Antworten klangen so, als hätte sie wochenlang für ein Vorstellungsgespräch trainiert.

«Er lügt. Ich weiß selbst nicht, was der Hans mit ‚zukünftiger Ehefrau' meint.»

«Ich habe dich doch gestern gefragt, mit welchem Visum du hierhergekommen bist. Du hast gesagt, dass du ein Besuchervisum hast.»

«Zu mir hast du gesagt, dass du mit einem Studentenvisum hierhergekommen bist», unterbrach Masai. Sie erzählte noch andere Sachen, die einfach nur widersprüchlich waren und ich war sehr verärgert darüber.

«Weißt du was, mach dich fertig, ich fahr dich zurück nach Mainz. Hier, nimm dieses Handy, ich habe die wichtigsten Nummern darauf gespeichert. Wähle sie, wenn du Hilfe brauchst.»

★ ★ ★

«Wie kannst du nur deine eigene Schwester entführen?», bellte Hans, als ich vor seinem Tor parkte. Ich schloss meine Augen für einen Augenblick und ermahnte mich selbst, meine Gefühle zu beherrschen.

«Du und deine raffinierte Schwester, ihr seid kriminell. Ich habe eine Verpflichtungserklärung bei der Ausländerbehörde unterschrieben, dass ich für Akimbo verantwortlich bin und damit hat sie unter meinem Dach zu schlafen. Wenn einer hier etwas über sie zu entscheiden hat, dann bin ich das und nicht ihr. Das nächste Mal werde ich dafür sorgen, dass ihr dafür büßen werdet.»

Akimbo stand untätig da. Sie beobachtete alles, sah überhaupt keine Notwendigkeit einzugreifen und erlaubte Hans, mich weiter zu erniedrigen. Seine Worte waren so verletzend und provozierend, dass ich mir dabei vorstellte, wie ich ihm kochend heißes Wasser direkt ins Gesicht schütte.

Ich ließ die beiden stehen und fuhr direkt zum Polizeipräsidium. Dort gab ich mir viel Mühe, genau zu erklären, warum meine Schwester in Gefahr sei und dass ich denke, dass sie schnell nach Hause fliegen sollte. Die Polizeibeamtin hörte mir zu, dann kam die nächste Enttäuschung: «Wissen Sie, wir können momentan nichts für Sie tun. Ihre Schwester ist über 18 Jahre alt und sie ist nach dem Gesetz in der Lage, selbst zu entscheiden, was für sie richtig ist und was nicht.»

«Ich hätte mir also den ganzen Weg hierher ersparen können?»

«Nein, nein. Sie haben schon richtig gehandelt. Ich werde dieses Gespräch protokollieren.» Sie holte ihre Visitenkarte heraus und gab sie mir. «Hier, Sie können mich jederzeit anrufen.» Das Gefühl, von der Polizei nicht ernst genommen zu werden, machte das Ganze nur noch schlimmer. Von wegen «Öffentliche Sicherheit und Ordnung!» Die

Polizei reagiert doch eh nur, wenn es zu spät ist, waren in dem Moment meine Gedanken.

«Ich kann es immer noch nicht fassen, wie das Kind solch eine große Reise heimlich planen und dann zwei Wochen lang in Deutschland so ruhig bleiben konnte», sagte Masai am Telefon.

«Stell dir mal vor, etwas wäre passiert. Zum Beispiel, wenn das Flugzeug abgestürzt wäre», überlegte ich. «Dann wären wir definitiv böse überrascht gewesen, aber daran will ich erst mal gar nicht denken. Die ist eine Giftschlange im Gras geworden!»

«Akoth, ich habe länger mit Akimbo gesprochen und es wurde mir bei dem Gespräch klar, dass Hans sie völlig von sich abhängig gemacht hat. Wir werden keinen Zugang mehr zu ihr finden, um sie zur Vernunft zu bringen.»

In unserer Familie war bis jetzt Vieles geschehen, aber ich glaubte immer fest daran, dass wir zu den Familien gehören, die zusammenhalten und stark sind wie der afrikanische Affenbrotbaum. Ich fragte mich, was aus diesem Baum geworden war. «Weißt du, Masai, was mich am meisten schmerzt ist, dass meine eigene Schwester mir so in den Rücken fallen konnte. Sie wusste ja, was ich mit Hans in den zurückliegenden Jahren erlebt habe.»

«Hast du schon mit Mutter darüber gesprochen?»

«Nein, noch nicht.»

«Ruf sie an und hör dir an, wie sie zu der Sache steht.»

«Wie konnte Mutter es nur zulassen, dass sie hier-herfliegt?»

«Ich verstehe deine Wut und Enttäuschung, trotz-dem würde ich an deiner Stelle mit ihr sprechen.»

«Naja, Mutter ist zurzeit mit Herodes Feier und den Kirchenfrauen genug beschäftigt. Ich werde sie nach der Feier persönlich zur Rede stellen.»

«Gut, dann warten wir es mal ab.»

★ ★ ★

Gegen Ende Mai 2012 wurde mein Bruder Herode auf einem großen Fußballfeld in Kilifi zum katholischen Priester geweiht. Die Vorbereitungen für die Priesterweihe liefen schon Anfang des Jahres auf Hochtouren. Eine solche Zeremonie wird in Kenia ausufernd gefeiert – es kommen hunderte, tausende, darunter hochrangige Gäste. Der Glaube war schon immer wichtig in Kenia. Während des Gottesdienstes – der meistens mehr als zwei Stunden dauert – wird getrommelt, getanzt und gelacht. Bei der bevorstehenden Zeremonie erwarteten die Kenianer selbstverständlich, dass länger als drei Tage gefeiert wird.

Herode war aufgrund seiner Heiterkeit ein sehr beliebter Mensch und ich war zu Tränen gerührt, als ich erfuhr, dass Chöre von drei Kirchengemeinden, die fantastischen Kinder der St. Patricks Liturgical Dancers und einige Dichter für den größten Tag meines Bruders bis spät in den Abend probten. Selbst die Priester übten ihren Tanz. Dazu muss ich sagen, dass Priester eine sehr wichtige Rolle im Leben der Gläubigen spielen und somit ein sehr hohes Ansehen in der kenianischen Gesellschaft genießen.

Dass nun eines ihrer Kinder zum Missionar würde, hätte Mutter sich niemals in ihrem Leben träumen lassen. Herode war der Sohn, den sie im Gefängnis geboren hatte. Derselbe Sohn, wegen dem sie von einigen Dorfbewohnern ausgelacht und beschimpft wurde. Von nun an wird sie durch diesen Sohn respektiert und angehimmelt. Alle nannten ihn bereits vor der Weihe «Father Herode» und Mutters Name änderte sich auch prompt, von «Mama Afande» zu «Mama Father». Stolzer und dankbarer konnte sie nicht mehr sein.

Zwei Monate vor der Zeremonie teilte uns Herode mit, dass die Zahl der geladenen Priester und Kapuzinerbrüder gestiegen war und dass das Priester- und Gemeindehaus keine Kapazitäten mehr frei habe. Daraufhin entschied Masai, dass ein Teil der Gäste in ihrem Haus übernachten sollen. Sie flog rechtzeitig nach Kenia, um ein paar kleine Renovierungsarbeiten im Haus durchführen zu lassen.

Beim Aufräumen ihres zweiten Schlafzimmers stieß Masai auf einen Haufen Papiere, der unter dem Bett lag. Sie nahm den Stapel und wunderte sich, was er dort verloren hatte. Zuerst dachte sie, dass es sich dabei vielleicht um irgendwelche unbedeutenden Unterlagen handelte, aber ihr stockte der Atem, als sie den Inhalt las. Es waren Akimbos Antragsdokumente für das Visum nach Deutschland. Unter dem Stapel waren auch Kopien meiner Scheidungsunterlagen und meiner Geburtsurkunde zu finden. Sie blätterte aufmerksam weiter und war total außer Fassung, als sie das Formular, das von Akimbo ausgefüllt und unterschrieben worden war, näher studierte. Darin stand, dass sie Hans heiraten will und beabsichtige, auch seinen Namen zu tragen. Eine Kopie des Ehefähigkeitszeugnisses war auch dabei.

★ ★ ★

Bei so vielen geladenen Gästen konnte ich mir nicht vorstellen, die Ordination meines geliebten Bruders zu verpassen. So flog ich, ein paar Tage nachdem Masai nach Kenia geflogen war, hinterher. Als ich am Moi International Airport Mombasa landete, war die Sonne heiß und der Himmel bedeckt. Durch die hohe Luftfeuchtigkeit war die Hitze unangenehm drückend.

Ich holte mein Gepäck am Fließband ab und ging durch die letzte Kontrolle. Durch die große Glastür konnte ich sehen, dass Mutter und Masai bereits am Ausgangsbereich auf mich warteten. Die beiden Frauen winkten mir lebhaft und ich konnte spüren, dass Mutter sich sehr über unser Wiedersehen freute.

Mutter war von Natur aus ein fröhlicher Mensch. Schon beim Zuwinken tanzte sie fast vor Freude. Ihre Bewegungen zauberten mir ein Lächeln ins Gesicht.

Für meine ganze Familie war dies das erste Mal seit Langem, dass alle ihre Kinder – außer Akimbo – sich daheim wieder trafen.

Endlich kam ich aus dem Flughafen und wir fielen uns in die Arme.

«Wie geht es dir, mein Kind?», fragte Mutter fröhlich. Sie hatte Tränen in den Augen und ich musste sie ohne Worte sehr lange drücken.

«Akoth, schön dass du da bist. Wie war dein Flug?», unterbrach Masai den Mutter-Tochter-Moment.

«Zum größten Teil angenehm, aber wir mussten auch eine Zeit lang mit Turbulenzen kämpfen», antwortete ich glücklich.

Wir stiegen ins Taxi und fuhren in das ca. 50 Kilometer entfernte Heimatdorf. Wir tauschten uns während der ganzen Fahrt aus, und ich war bereits sehr neugierig und gespannt auf alles, was daheim in der letzten Zeit passiert war.

★ ★ ★

«Willkommen zu Hause», sagte Masai, als sie mir ein Glas Weißwein einschenkte. Wir unterhielten uns auf Masais Terrasse, als sie plötzlich aufstand und in ihr Schlafzimmer ging. Sie kam mit dem Papierstapel zurück, von dem sie noch immer schockiert war und drückte ihn mir in die Hand.

«Schau dir das mal an. Davon habe ich dir gestern am Telefon erzählt.»

Ich studierte die Dokumente voller Entsetzen und konnte kaum glauben, was unsere kleine Schwester da getan hatte.

«Also hat Akimbo uns in Wiesbaden ins Gesicht gelogen, dass sie nicht wisse was Hans mit «zukünftige Ehefrau» meinte», sagte ich wütend zu Masai. «Ich bin gespannt, welche Ausrede sie hierfür finden wird.»

Die Vorbereitungen für die Priesterweihe waren fast abgeschlossen, als Akimbo in unserem Elternhaus überraschend auftauchte. Mein Puls fing an zu rasen und ich spürte, wie mein Adrenalinspiegel anstieg.

«Warum hast du mich in Deutschland angelogen?», schrie ich.

«Akoth, lass mich in Ruhe. Es kommen gleich Gäste und ich habe keine Lust auf ein blödes Theater mit dir», schrie sie zurück.

«Gib mir mein Handy zurück!» Sie schmiss das Handy, das sie in der Hand hielt, auf den Tisch, drehte sich um und beachtete mich nicht mehr.

«Wo ist das Ladegerät?»

«In Deutschland.»

Die ganze Zeremonie über redeten wir kaum ein Wort miteinander und gingen uns so weit wie möglich aus dem Weg.

★ ★ ★

Meine Mutter befand sich in einer sehr schwierigen und unangenehmen Situation. Sie war gefangen zwischen Schande, Traurigkeit und Glücklichsein. Mein Vater war nicht gerade eine große Hilfe für sie gewesen. Er hatte sich ja schon längst – wie von ihm nicht anders zu erwarten war – von alledem distanziert. Kein Wunder, er war derjenige, der immer gesund war, während Mutter unter allen möglichen Krankheiten litt – angefangen von Hypertonie bis hin zum Schlaganfall. Meines Erachtens hatte er die Bibel permanent falsch zu seinem Vorteil interpretiert.

«Es steht doch in der Bibel, dass der Mann das Haupt der Frau ist», erinnerte er uns ständig, ohne dabei zu bedenken, dass «das Haupt» auch unbedingt einen «Hals» braucht, um stabil zu stehen. Seiner Meinung nach bestand seine Aufgabe darin, nur für die Familie zu sorgen – was er nicht immer mit Bravour tat. Generell war es in der kenianischen Gesellschaft immer die Schuld der Frauen, wenn etwas in der Familie schieflief. Stimmte etwas nicht mit einem der Kinder, hieß es prompt: «Du hast die Kinder falsch erzogen. Sieh zu, wie du das wieder geradebiegst.»

Ich stellte Mutter zur Rede. Es kam heraus, dass Akimbo unsere Eltern auch angelogen hatte. Sie ließ die beiden im Glauben, dass sie einen Sponsor aus Deutschland gefunden hätte, der ihr nur das Studium ermöglichen wolle. Sie wolle ja ihren Schwestern nicht mehr auf der Tasche liegen.

Da Vater und Mutter sowieso nicht in der Lage waren, Akimbo finanziell zu unterstützen, waren meine Eltern darüber froh und ließen sie gehen. Schließlich waren meine Eltern davon überzeugt, dass sie mit ihren fünfundzwanzig Jahren das Richtige tat. Ob sie damals nach dem Namen des Sponsors gefragt hatten, weiß ich bis heute nicht. Mutter hatte auch keine Kontrolle mehr über sie. Trotz ihrer Warnung war Akimbo Wochen später wieder nach Deutschland gereist.

## 18

Es war Juli 2012, als ich wieder in Deutschland war. Akimbos Aktion hatte ich noch nicht verkraftet und war zutiefst verletzt. Ich erinnerte mich, dass sie das Ladegerät für das Mobiltelefon noch hatte.

«Hallo, kann ich Akimbo sprechen?», sagte ich, als Hans ans Telefon ging.

«Was willst du von ihr?»

«Das geht dich nichts an.»

«Akoth, das wird das letzte Mal sein, dass du hier anrufst, sonst werde ich dich bei der Polizei wegen Hausfriedensbruch anzeigen.» Er rief Akimbo ans Telefon.

«Akoth, ich hatte dir schon in Kenia gesagt, dass du mich in Ruhe lassen sollst. Also lass mich gefälligst in Ruhe!», schrie sie in den Hörer. «Außerdem hast du mit zwei deiner Freundinnen über mich gelästert und das geht schon mal gar nicht. Was hast du damit erreicht? Sag schon, was hast du davon?»

Ich konnte nur noch stottern: «A-Akimbo, i-ch wollte dir n-nur sagen, d-dass ich mein Ladegerät wieder brauche, d-danach werde ich dich in R-uhe lassen.»

«Komm jetzt sofort und hol es dir und, ach ja, das ganze Geld, das du für meine Schule bezahlt hast, werde ich dir zurückzahlen.»

Ich wollte gerade antworten, als sie den Hörer neben das Telefon legte. Dann hörte ich, wie sie mit Hans im Hintergrund laut lachte. Sie machten sich über mich lustig, während ich am anderen Ende schrie: «Akimbo, nimm den Hörer, ich rede mit dir! Nimm jetzt den Hörer wieder!»

Statt Akimbo war nun plötzlich Hans' Stimme am Hörer zu hören. Er sagte, dass Akimbo nichts mit mir zu tun haben wolle.

Eine Stunde später stand ich vor Hans' Tor, um das Ladegerät zu holen. Vom Tor aus konnte ich sehen, dass Akimbo in der Küche saß und aus dem Fenster schaute. Aber sie kam nicht heraus, als ich klingelte. Stattdessen lief der Psycho breitbeinig auf mich zu und hatte das Ladegerät nicht dabei. Ich konnte ihm seine Freude über diese weitere Schikane ansehen.

«Was willst du hier?» Nun sah es aus, als wäre ich diejenige, die die beiden terrorisierte.

«Ich will mit Akimbo sprechen, nicht mit dir.»

«Das, was du ihr sagen willst, kannst du mir auch sagen. Wir sind jetzt zusammen und wir verheimlichen uns nichts. Ach, und zu deiner Information, am Donnerstag werden wir heiraten.»

Mir war zum Heulen zumute, aber ich tat es nicht. Stattdessen sagte ich, dass ich eine Nachricht von Mutter für sie hätte.

«Wenn Akimbo ihre Mutter sprechen will, wird sie es jederzeit tun, dafür musst du nicht die Nachrichtenüberbringerin werden. Und übrigens, es hat mir überhaupt nicht gefallen, dass du ihre Taschen und Klamotten durchsucht hast, du Hure. Und jetzt verschwinde!»

Auf seine unverschämten Bemerkungen ließ ich mich nicht ein. Ich machte mich wieder auf den Nachhauseweg, ohne mein Ladegerät. Es war der Tag, an dem Akimbo mich aus ihrem Leben komplett verschwinden sah.

Es schmerzte sehr, auf diese Art und Weise den Kontakt zu meiner kleinen Schwester komplett abbrechen zu müssen. Der Heilungsprozess, um diesen unglaublichen Schmerz überwinden zu können, dauerte lange. Einmal habe ich sie in der Mainzer Innenstadt zufällig am Schaufenster eines Geschäftes gesehen und ich konnte es selbst nicht glauben, dass ich an ihr vorbeiging, als wäre sie eine Fremde. Niemals im Leben hätte ich damit gerechnet, dass derartige familiäre Intrigen, die ich eigentlich nur aus Soaps wie «Reich und Schön» kannte, auch im realen Leben vorkommen und ich eines Tages auch davon betroffen sein würde.

★ ★ ★

Nun, ich brauchte Kraft und Mut, diesen Berg voller Psychoterror zu überwinden. Ich litt unter Verfolgungswahn, bekam Albträume. Manchmal malte ich mir sogar aus, was Hans gerade mit Akimbo anstellen könnte. Ob er sie ebenfalls so hinterlistig behandelte? Dazu hatte ich das Gefühl, dass Hans mich immer noch stalkte, obwohl er mit Akimbo zusammenlebte. Ein derart unangenehmes Gefühl, welches dazu führte, dass ich mehrfach umgezogen bin.

Es passierte zum Beispiel eines Tages, als ich von meinem Hausarzt in einem ganz anderen Stadtteil von Mainz kam. Gerade in dem Moment, als ich die Praxis verließ, sah ich plötzlich, wie Hans mit seinem Fahrrad fröhlich davonfuhr. Ich war verdutzt. Ein anderes Mal stand ich an einer roten Ampel. Ich drehte meinen Kopf nach links und erlebte eine Überraschung: Hans saß am Lenkrad seines Autos und grinste mich an. Ich verspürte Hass. Ich wünschte mir nichts anderes, als dass die Ampel grün würde, um davonfahren zu können. Er patrouillierte selbst auf dem schmalen Gehweg direkt vor dem Eingangstor zu meiner Wohnung. Mal fuhr er dort mit dem Auto, mal mit dem Fahrrad vorbei. Manchmal wünschte ich mir, dass der Satan mich in Versuchung führe, ein Seil über den Gehweg als Falle zu befestigen, damit es ihn einmal richtig schön vom Fahrrad heben würde.

Um mich weiterhin terrorisieren zu können kam er auf die Idee, ein Ticket für Akimbo nach Kenia zu bezahlen. Ich wusste nichts davon, bis die Polizei vor meiner Tür stand und mich nach Akimbos Aufenthalt fragte. Hans nutzte die Polizei, um mich zu erniedrigen und einzuschüchtern, indem er Akimbo als vermisst meldete. Die Polizei fragte mich nach dem Verbleib und Aufenthalt meiner Schwester.

Als Schwester sollte ich vielleicht eine Ahnung haben, wo sie stecke. Ich antwortete, dass ich damit nichts zu tun hätte, da ich den Kontakt abgebrochen habe. Daraufhin ging die Polizei wieder. Des Öfteren passierten viele kleine «Zufälle» und ich war kurz vor dem Punkt angelangt, durchzudrehen und zusammenzubrechen. An diesem Tagen wandte ich mich an Gott. Ich brauchte Kraft – und wie durch ein Wunder bekam ich in der Tat die Kraft und ich richtete mich neu auf.

★ ★ ★

Wie das Sprichwort eben sagt: «Die Zeit heilt alle Wunden». Es ist zwar nicht leicht, alles zu vergessen, was mir widerfahren ist und so zu tun, als wäre nichts geschehen. Aber ich entschied mich dennoch, nach vorne zu blicken. Immerhin hatte ich noch ein ganzes Leben vor mir. Wenn ich etwas während dieser Zeit gelernt habe, dann war es definitiv die Kraft, loszulassen.

Nach und nach überdachte ich meine Prioritäten im Leben. Als Allererstes werde ich es nie wieder zulassen, dass Hans mir die Freude am Leben nimmt und mich in irgendeiner Art und Weise erniedrigt. Zweitens: Ich will es nicht mehr Jedem recht machen und mich ständig dafür rechtfertigen, weshalb ich in Deutschland lebe und warum ich schwarz bin. Ich will es nicht Jedem recht machen damit man mich akzeptiert. Dafür ist das Leben viel zu kurz.

Jerome fand einen Platz in meinem Herzen und vergab mir. Ich schloss das Kapitel meines vergangenen Lebens, warf allen Ballast ab, frischte mich auf und öffnete eine neue Seite in meinem Leben. Ich war bereit für einen Neuanfang. Für eine neue Liebe.

★ ★ ★

Einige Zeit später war ich wieder einmal zu Besuch in Kenia. Die St. Peter 's Catholic Church Oyugis in Homa Bay County feierte im Juni 2018 ihr 50. Bestehen.

Herode erzählte mir vom bevorstehenden Ereignis und ich war begeistert, ihn begleiten zu dürfen. Herode war einer der Gemeindepfarrer einer Kirche auf Rusinga Island, die auch zur Diözese von Homa Bay gehörte. Seine Anwesenheit bei der Zeremonie war daher Pflicht, da der Erzbischof den Gottesdienst geleitet hatte. Viele Priester, Nonnen und Gläubige kamen. Der Besuch des

Gottesdienstes bei solchen Ereignissen war für mich als Kind und auch im Erwachsenenalter immer ein unbeschreibliches Erlebnis. Die Art, wie die Kenianer ihre zwei- bis dreistündigen Gottesdienste feierten, ließ mich ständig glauben, dass Gott in Afrika lebt. Hier fühlte ich, wie mit Hingebung und Freude dem Gottesdienst beigewohnt wurde – ein Gottesdienst, wie ich ihn bis jetzt in keinem der europäischen Länder, die ich besuchte, erlebt hatte.

Das Ereignis fand unter freiem Himmel statt, genauso wie bei Herodes' Ordination damals. Bei unserer Ankunft bemerkte ich eine große, fröhliche Gemeinschaft, die weltoffen miteinander umging. Kinder, Frauen und Männer zeigten sich – wie man es in Kenia von ihnen erwartete – in ihrer besten Sonntagskleidung und glücklich. Mit Trommel, Kayamba, Balafon und Piano erwärmte der Chor durch sein gefühlvolles Singen mein Herz.

Zu Beginn liefen liturgische Tänzer ein, gefolgt von allen anwesenden Priestern und Messdienern. Der Rest der Kirche sang und tanzte mit. Ich selbst spürte die Gegenwart und Kraft meines Gottes, und dieser Tag wurde für mich persönlich zum Dankgottesdienst. Es war ein besonderer Tag. Ein Tag, an dem ich noch ein- und ausatmen durfte – sogar Tausende Male. Ich war einfach nur dankbar, dass ich am Leben bin. Trotz der ganzen unangenehmen Umstände, die ich mit Hans ertragen musste, hat mich die Lebensfreude nicht verlassen.

Ich öffnete mein Herz und sagte leise ein einziges Gebet:

«Herr, ich danke dir für mein Leben in Kenia. Vor allem aber danke ich dafür, dass ich in Deutschland leben darf. Danke!»

Fortsetzung folgt...